813

LE CUL DE JUDAS

Du même auteur

Fado Alexandrino
(Albin Michel / Métailié)

Mémoire d'éléphant
Connaissance de l'enfer
Explication des oiseaux
La Farce des damnés
Le Retour des caravelles
L'Ordre naturel des choses
Traité des passions de l'âme
La Mort de Carlos Gardel
Le Manuel des inquisiteurs
(Editions Christian Bourgois)

ANTÓNIO LOBO ANTUNES

LE CUL DE JUDAS

*Traduit du portugais par
Pierre Léglise-Costa*

SUITES

Editions Métailié
5, rue de Savoie, 75006 Paris
1997

*Publié avec le concours de l'Instituto Portugues do Livro
et de la Fondation Calouxte Gulbenkian*

Titre original : *Os cus de Judas*
© A. Lobo Antunes, 1983, by arrangment with Thomas Colchie Associates Inc., New York, USA
© Traduction française, éditions Métailié, Paris, 1983
ISBN : 2-86424-248-6

Le cul de Judas

À Lisbonne, une nuit, dans un bar un homme parle à une femme. Ils boivent et l'homme raconte un cauchemar horrible et destructeur : son séjour comme médecin en Angola, au fond de ce « cul de judas », trou pourri, cerné par une guerre sale et oubliée du monde. Un humour terrible sous-tend cet immense monologue qui parle aussi d'un autre front : les relations de cet homme avec les femmes.

Peu à peu, le style et la mémoire se déploient en une émotion amère et brutale où se mêlent souvenirs d'enfance, d'adolescence et de guerre, passé et présent enchevêtrés dans l'alcool et la drague.

Antonio LOBO ANTUNES est né en 1942 à Lisbonne. D'une famille de médecins, il s'oriente d'abord vers la psychiatrie, et sa formation médicale lui vaudra de faire deux ans de service militaire en Angola, de 1971 à 1973.

Peintre de la grandeur déchue du Portugal, ses textes mêlent avec lyrisme des histoires enchevêtrées composées d'éternels rêveurs, en rupture avec le réel et recherchant une consolation à leur misère. Au cœur de Lisbonne et sa banlieue, des artistes ratés, des militaires retraités, des employés se tournent quelques fois vers l'enfance et le monologue pour se sauver d'eux-mêmes. Il est actuellement l'un des plus grands écrivains européens.

QUELQUES REPÈRES

En 1929, António de Oliveira Salazar, professeur d'économie à l'Université de Coimbra, prend le pouvoir au Portugal. Il restera à la tête du Gouvernement jusqu'en 1970, année de sa mort. De 1970 à 1974, Marcelo Caetano, lui aussi professeur, à l'Université de Droit de Lisbonne, succède à Salazar et tente de maintenir une situation générale et un régime qui se fissurent de toutes parts. En 1974, les Forces Armées Portugaises (M.F.A.) lasses de treize années de guerre, se révoltent et destituent le Gouvernement avec l'aide de la population urbaine, essentiellement celle de Lisbonne. Le Portugal connaît pour la première fois, depuis 1929, un régime démocratique, de type occidental. Un processus de décolonisation s'ensuit, rapidement.

La P.I.D.E. (textuellement Police Internationale de Défense de l'Etat) a été, pendant tout le régime salazariste et jusqu'en 1974, la police parallèle de l'Etat dont les méthodes rappellent celles de la Gestapo.

L'Etat Nouveau — Estado Novo — est l'appellation que Salazar lui-même a donnée à sa forme de gouvernement, appuyée sur un parti unique (à l'instar, par exemple, du régime mussolinien, qu'il admirait) l'Union Nationale, lui-même prenant appui sur l'Eglise et le Corporatisme.

Le Mouvement National Féminin a été une espèce de corporation des dames « bien-pensantes » et bourgeoises, proche du régime. Le M.N.F. a souvent reçu des subsides de la CARITAS américaine et avait une mission de « bienfaisance et d'appui moral ».

La Jeunesse Portugaise (« A Mocidade Portuguesa ») était le Mouvement de jeunes — comme dans les autres dictatures européennes connues — obligatoire dans les collèges et lycées du Portugal.

La côte angolaise fut découverte par les Portugais au milieu du XVe siècle. Sous Salazar l'Angola était considérée par « droit historique » comme un département d'outre-mer. Lorsque les mouvements indépendantistes se révoltent en 1960,

Salazar déclenche une guerre qu'il considère comme une « croisade pour la défense des vraies valeurs de l'Occident : la patrie historique et l'Eglise ». De 1961 à 1974, le Portugal enverra des troupes et mènera une horrible guerre sur des territoires immenses et dans des conditions catastrophiques, encore aggravées par le développement de la guerre dans les autres colonies africaines : le Mozambique, la Guinée-Bissau et l'archipel du Cap-Vert. Le M.P.L.A. (Mouvement pour la Libération de l'Angola), proche du marxisme a été le grand mouvement organisé de la guerre pour l'indépendance. Actuellement au pouvoir dans le pays devenu indépendant, il mène une guerre civile contre l'UNITA, l'autre parti, proche, lui, de l'Afrique du Sud.

A

Ce qui me plaisait le plus au Jardin Zoologique c'était la patinoire sous les arbres et le professeur de gymnastique noir, très droit, glissant en arrière, sur le ciment, en ellipses lentes sans bouger un seul muscle, entouré de jeunes filles en jupe courte et bottes blanches qui, s'il leur arrivait de parler, posséderaient sûrement des voix aussi enveloppées de gaze que celles qui dans les aéroports annoncent le départ des avions : des syllabes de coton qui se dissolvent dans les oreilles à la manière des fins de bonbons dans la coquille de la langue. Je ne sais pas si ce que je vais vous dire vous paraîtra idiot, mais, le dimanche matin, quand nous y allions, avec mon père, les bêtes étaient encore plus bêtes, la solitude de spaguetti de la girafe ressemblait à celle d'un Gulliver triste et des stalles du cimetière des chiens montaient, de temps en temps, des glapissements affligés de caniche. Cela sentait comme les couloirs du Colisée (1) en plein air remplis de bizarres oiseaux inventés, dans des volières de filet, des autruches identiques à des vieilles filles, professeurs de gymnastique, des pingouins trébuchant comme des portiers affligés de cors aux pieds, des cacatoès la tête penchée de côté comme des amateurs de tableaux ; dans le bassin des hippopotames gonflait la lente tranquillité des gras, les

(1) Célèbre cirque d'hiver, de Lisbonne.

serpents s'enroulaient en molles spirales d'étron, et les crocodiles s'accommodaient sans peine de leur destin tertiaire de lézards patibulaires. Les platanes, entre les cages, grisonnaient comme nos cheveux, et il me semblait que d'une certaine façon nous vieillirions ensemble : l'employé au rateau qui poussait les feuilles vers un seau avait sans doute le même air que le chirurgien qui balayerait les pierres de ma vésicule vers un flacon couvert d'une étiquette adhésive ; une ménopause végétale, dans laquelle les calculs de la prostate et les nœux des troncs d'arbre se rapprocheraient et se confondraient, nous ferait confraterniser dans la même mélancolie sans illusion ; mes molaires tomberaient de la bouche comme des fruits pourris, la peau de notre ventre ferait des plis comme des aspérités d'écorce ; mais il n'était pas impossible qu'un souffle complice fasse trembler les chevelures des branches les plus hautes et qu'une quelconque toux rompe péniblement le brouillard de la surdité en mugissements de coquillage qui peu à peu gagneraient la tonalité tranquillisante de la bronchite conjugale.

Le restaurant du Zoo, où l'odeur des bêtes s'insinuait en lambeaux dilués dans le fumet du pot-au-feu, assaisonnant d'une désagréable suggestion de poils de cochon la saveur des pommes de terre et conférant à la viande le goût peluchoux des moquettes, se trouvait rempli, habituellement, en doses équivalentes, d'excursionnistes et de mères impatientes, qui éloignaient avec leur fourchette des ballons à la dérive, comme des sourires distraits, traînant derrière eux des bouts de ficelle comme les fiancées volantes de Chagall traînent l'ourlet de leurs robes. Des dames âgées vêtues de bleu, des plateaux de gâteaux sur le ventre, offraient des millefeuilles plus poussiéreux que leurs joues feuilletées, poursuivies par le dégoût gluant des mouches. Des chiens squelettiques de retable médiéval hésitaient entre le bout de la chaussure des employés et les saucisses qui dépassaient des assiettes vers le plancher à la façon de doigts superflus, huilés et comme luisants de brillantine. Les bateaux qui pédalaient dans le bassin menaçaient à tout moment d'entrer en voguant par les fenêtres ouvertes, oscillant sur les vagues hostiles des serviettes en papier. Et dehors, indifférent à la musique terne que les haut-parleurs embuaient, aux lamentations esseulées du cheval-bœuf, à la jovialité des tambourins fatigués des excursionnistes et à l'étonnement de mon admiration émue, le professeur noir continuait à glisser immobile sur la patinoire, sous les arbres, avec la majesté merveilleuse et insolite d'une procession à reculons.

Si nous étions, Madame, par exemple, vous et moi, des tamanoirs, au lieu de causer l'un avec l'autre dans cet angle du bar, peut-être me ferais-je davantage à votre silence, à vos mains posées sur le verre, à vos yeux de colin vitreux flottant quelque part sur ma calvitie ou sur mon nombril, peut-être pourrions-nous nous entendre dans une complicité de trompes inquiètes reniflant de concert sur le ciment des regrets d'insectes inexistants, peut-être nous unirions-nous, sous le couvert de l'obscurité, en coïts aussi tristes que les nuits de Lisbonne, quand les Neptunes des bassins se dépouillent de la vase de leur mousse et promènent sur les places vides des orbites anxieuses et rouillées. Peut-être, à la fin, me parleriez-vous de vous. Peut-être que derrière votre front de Cranach, endormi, se loge une tendresse secrète pour les rhinocéros. Peut-être qu'en me tâtant me trouverais-je soudain unicorne : je vous enlacerais et vous agiteriez des bras épouvantés de papillon épinglé, croulante de tendresse. Nous achèterions des billets pour le train qui circule dans le Zoo, d'animal en animal avec son moteur mécanique, évadé d'un train fantôme de province, nous saluerions en passant la grotte-crèche des ours blancs, tapis recyclés. Nous observerions, ophtalmologiquement, la conjonctivite anale des mandrils dont les paupières s'enflamment d'hémorroïdes combustibles. Nous nous embrasserions devant les grilles des lions, rongés par les mites comme de vieux manteaux, retroussant leurs lippes sur leurs gencives démeublées. Je vous caresse les seins à l'ombre oblique des renards, vous m'achetez un bâtonnet glacé près de l'enceinte des clowns où des gifles au sourcil levé sont soulignées par un saxophone tragique. Et nous aurions, de cette façon-là, récupéré un peu de cette enfance qui n'appartient à aucun de nous et qui s'entête à descendre par le toboggan d'un rire dont nous arrive, de loin en loin, et dans une sorte de rage, l'écho atténué.

Vous souvenez-vous des aigles de pierre à l'entrée du Zoo et des guichets semblables à des guérites de sentinelles où officient des employés moisis qui clignent des orbites myopes de hibou dans la pénombre humide ? Mes parents n'habitaient pas très loin, près d'une agence de pompes funèbres où l'on trouvait des mains de cire et des bustes de Saint Vincent de Paul que les hurlements nocturnes des tigres faisaient vibrer de terreur arthritique sur les étagères de la vitrine, des mystiques invalides qui allaient décorer le haut des réfrigérateurs sur des ovales de crochet si bien qu'on aurait dit que le ronronnement des appareils naissait de leurs œsophages de terre cuite affligés par des indigestions de burettes. De la fenêtre de la chambre de mes frères on apercevait l'enclos des chameaux dont les expressions ennuyées manquaient d'un cigare de gestionnaire. Assis sur les w.-c. où un reste de fleuve agonisait dans des gargarismes d'intestin, j'écoutais les lamentations des phoques qu'un diamètre excessif empêchait de voyager dans la plomberie et de descendre dans le jet des robinets avec des grognements impatients d'examinateur de mathématiques. Le lit de ma mère gémissait, certaines fins de nuit, du lumbago de l'éléphant édenté qui tirait une sonnette en échange d'une botte de choux dans un commerce centenairement inaltérable à l'inflation, commandé par l'asthme de mon père en sifflements rythmés de cornac. La femme des cacahuètes, à qui manquait le coude gauche, montait son entreprise en posant ses paniers au-dessous de notre balcon et narrait à ma grand-mère, en discours verticaux, de bas en haut, les soûleries de son mari à travers la violence desquelles explosaient des chapitres de Maxime Gorki en Editions populaires. Les matins se peuplaient de toucans et d'hibiscus servis avec les pains du petit déjeuner qui abandonnaient sur les doigts la farine ou la poussière des meubles à épousseter. La tache du soleil de l'après-midi trottait sur le plancher dans la cadence furtive des hyènes, révélant et cachant les dessins successifs du tapis, le relief lacéré de la plinthe, le portrait d'un oncle pompier sur le mur, illuminé de moustaches et dont le casque astiqué scintillait en reflets domestiques comme les poignées des portes. Dans le vestibule, il y avait un miroir biseauté qui, la nuit, se vidait d'images et devenait aussi profond que les yeux d'un bébé qui dort, capable de contenir tous les arbres du Zoo et les ourang-outangs suspendus à leurs anneaux à la manière d'énormes araignées congelées. A cette époque-là je nourrissais l'espoir insensé de tourner un jour en spirales gracieuses autour des hyperboles majestueuses du professeur noir, en bottes blanches et pantalon rose, glissant dans un bruit de poulies, comme j'ai toujours imaginé le vol difficile des anges de Giotto battant des ailes dans leurs ciels bibliques avec l'innocence d'une littérature de foire. Les arbres de la patinoire se fermeraient derrière moi entrelaçant leurs ombres épaisses et ce serait là ma façon de partir. Peut-être que, quand je serai vieux, réduit à mes pendules et à mes chats dans un troisième étage sans ascenseur, je concevrai ma disparition non pas comme celle d'un naufragé submergé par des emballages de comprimés, des cataplasmes, des tisanes et des prières au Divin Saint Esprit, mais sous la forme d'un petit garçon qui s'élèvera de moi comme l'âme du corps dans les gravures du catéchisme, pour s'approcher, en pirouettes incertaines, du noir très droit, aux cheveux lissés à la gomina et dont les lèvres s'incurveront avec le sourire énigmatique et infiniment indulgent d'un bouddha en patins à roulettes.

Cet ange gardien en cravate a, depuis longtemps, remplacé pour moi l'image vertueuse de la petite sainte aux joues équivoques, Mae West de sacristie compromise dans des amours mystiques avec un Christ ayant une petite moustache à la Fairbanks, dans le cinéma muet des oratoires de mes tantes qui habitaient de grandes maisons sombres où les bas-reliefs des canapés et des meubles rendaient la pénombre plus dense et où les touches des pianos, couvertes de châles damassés, scintillaient de toutes leurs caries de bémols. Dans chaque immeuble de la rue Barata Salgueiro (1), triste comme la pluie dans une cour de récréation de collège, habitait une parente âgée qui ramait avec sa canne dans la marée basse des moquettes couvertes de grandes potiches chinoises et de secrétaires à tiroirs de marqueterie (2) que la mer de générations de commerçants à barbiche y avait abandonnés, comme sur une plage ultime. Cela sentait le renfermé, la grippe et les biscuits, et seules les grandes baignoires oxydées, les pieds en forme de griffe de sphynx et la ligne de l'eau absente signalée par une bordure brune semblable à la marque d'une casquette sur le front, elles seules me paraissaient vivantes, cherchant de leurs gueules avides et démesurées les mamelons de cuivre des robinets, desquels tombaient, de temps en temps, des larmes rares comme des gouttes brunes de sérum physiologique. Dans les cuisines, identiques au laboratoire de chimie du Lycée, avec au mur le calendrier des Missions, plein de petits noirs, des bonnes sans âge, qui s'appelaient toutes Albertine, préparaient des bouillons de poule sans sel en grommelant au-dessus des casseroles des bouts de rosaire destinés à assaisonner le riz blanc. Dans les chauffe-eaux très anciens, contemporains de la marmite de Papin, les flammes du gaz acquéraient la forme instable de pétales fragiles oscillant au bord d'une explosion

(1) Rue résidentielle du Centre de Lisbonne.
(2) « Contadores » meubles indo-portugais, pleins de petits tiroirs.

catastrophique qui réduirait en morceaux méconnaissables la dernière tasse de Sèvres. On ne distinguait pas les fenêtres des tableaux : sur le carreau ou sur la toile les mêmes arbres d'octobre se recroquevillaient comme des bites transies après un bain de piscine, sur lesquels on aurait enroulé les serpentins déteints d'un Carnaval défunt. Les tantes avançaient par à-coups, comme les danseuses des boîtes à musique à la fin de leur course, elles pointaient sur mes côtes la menace incertaine de leurs cannes, elles observaient avec mépris les épaules rembourrées de ma veste et proclamaient aigrement : « Tu es maigre » comme si mes clavicules saillantes avaient été plus honteuses qu'une marque de rouge à lèvres sur mon col de chemise.

Une pendule inlocalisable perdue parmi les ténèbres des armoires laissait s'égoutter des heures étouffées dans un quelconque couloir lointain encombré de malles de bois précieux et conduisant à des chambres raides et humides où le cadavre de Proust flottait encore, éparpillant dans l'air raréfié un relent usé d'enfance. Les tantes s'installaient, avec peine, sur le bord de fauteuils gigantesques décorés de filigranes en crochet, elles servaient le thé dans des théières ouvragées comme des ostensoirs manuélins (1) et complétaient leur jaculatoire en désignant avec la cuiller à sucre des photographies de généraux furibonds décédés avant ma naissance, à la suite de glorieux combats de trictrac et de billard dans des mess mélancoliques comme des salles à manger vides où les « Dernière Cène » étaient remplacées par des gravures de batailles.

« Heureusement, le service militaire fera de lui un homme. »

Cette vigoureuse prophétie, transmise tout au long de mon enfance et de mon adolescence par des dentiers d'une indiscutable autorité, se prolongeait en échos stridents sur les tables de

---

(1) Art portugais entre le gothique flamboyant et la Renaissance, à l'époque des Grandes Découvertes.

« canasta » autour desquelles les femelles du clan offraient à la messe du dimanche un contrepoids païen, à deux centimes le point, somme nominale qui leur servait de prétexte pour expulser, des haines anciennes patiemment sécrétées. Les hommes de la famille, dont la pompeuse sérénité m'avait fasciné, avant ma première communion, quand je ne comprenais pas encore que leurs conciliabules murmurés, inaccessibles et vitaux comme des Assemblées de dieux, étaient uniquement destinés à discuter les tendres mérites des fesses de la bonne, soutenaient gravement les tantes avec l'intention d'éloigner de futures mains rivales qui les pinceraient furtivement pendant que l'on desservait. Le spectre de Salazar faisait planer sur les calvities les pieuses petites flammes du Saint Esprit Corporatif qui nous sauverait de l'idée ténébreuse et délétère du socialisme. La P.I.D.E. poursuivait courageusement sa valeureuse croisade contre la notion sinistre de démocratie, premier pas vers la disparition de la ménagère en Cristoffle dans les poches avides des journaliers et des petits commis. Le Cardinal Cerejeira (1) encadré, garantissait, dans un coin, la perpétuité de la conférence de Saint Vincent de Paul et, par inhérence, celle des pauvres domestiqués. Le dessin qui représentait le peuple hurlant d'une joie athée autour d'une guillotine libératrice avait été définitivement exilé au grenier parmi les vieux bidets et les chaises boiteuses qu'une fente poussiéreuse de soleil auréolait du mystère qui souligne les inutilités abandonnées. De sorte que, lorsque je me suis embarqué pour l'Angola, à bord d'un navire bourré de troupes, afin de devenir, enfin, un homme, la tribu reconnaissante envers le Gouvernement, qui m'offrait la possibilité de bénéficier gratuitement d'une telle métamorphose, a comparu en bloc sur le quai,

---

(1) Cardinal Primat du Portugal pendant une très grande partie de la dictature salazariste et lui-même très lié à Salazar.

consentant dans un élan de ferveur patriotique à être bousculée par une foule agitée et anonyme semblable à celle du tableau de la guillotine et qui venait là assister impuissante à sa propre mort.

B

Connaissez-vous Santa Margarida (1)? Je dis cela parce que, parfois, au mess des officiers décoré avec le mauvais goût obstinément impersonnel d'une salle d'attente de dentiste de banlieue (fleurs en plastique, oléographies imprécises dont les arabesques monotones se confondent avec le papier mural, chaises raides semblables à des quadrupèdes dépareillés broutant, dans un hasard asymétrique, les franges usées des tapis), les majors, tout excités, abandonnaient leurs verres de whisky où les cubes de glace étaient remplacés par des dés de pocker, pour saluer, droits comme des soldats de plomb ventrus, l'arrivée d'une dame traînée par un quelconque colonel subitement urbain, laissant derrière elle, perceptible au léger frémissement des galons, une trace de chuchotements de rut de caserne, qui allaient se cristalliser, sur le marbre veineux des pissotières, en schémas explicites, destinés à l'alphabétisation des deuxième classe. La masturbation était notre gymnastique quotidienne : des pistons recroquevillés dans les draps glacés à la manière de fœtus vieillis qu'aucun utérus ne déshibernerait, pendant que, dehors, les pins et le brouillard se confondaient en un canevas inextricable de murmures humides,

(1) Ville de garnison au Portugal, pour les « classes » des élèves officiers — E.O.R. ainsi que Mafra, Tomar, Elvas.

superposant à la nuit, la nuit gluante de leurs troncs enrobés de brume comme des barbes à papa. Comme lorsque j'étais petit, vous savez, à la Praia des Maçãs (1), à la fin de septembre, quand on se couchait et que le corps ressemblait à une petite graine perdue dans l'énorme matelas, ridée et tremblante, agitant les filaments poilus de ses membres en spasmes apeurés par le bruit de la mer, en bas, venant de nulle part, retractant et distendant la bronchite pierreuse de son invisible poumon. Les pendules à coucou étaient remplacées par des clairons tout aussi irritants, l'uniforme et la peau convergeant vers une carapace unique de chitine militaire, les cheveux rasés et la mise en rang me rappelaient les colonies de vacances de mon enfance et leur odeur aigre-douce de manque d'eau, de résignation vaguement indignée. Le dimanche, la famille, jubilante, venait guetter l'évolution de la métamorphose de la larve civile en guerrier parfait, le béret enfoncé sur le crâne comme une capsule et les gigantesques bottes couvertes de la boue historique de Verdun (2), à mi-chemin entre le scout mythomane et le soldat inconnu de Carnaval. Et entre-temps, tout se passait dans une atmosphère d'internat de collège, que les casernes prolongent si subtilement, avec leurs secrets, leurs groupes initiatiques, leurs stratagèmes d'une perversité primaire, destinés à éluder la vigilance préfectorale des commandants plus préoccupés de leur atout au bridge — de son choix dépendait la voie tranquille ou orageuse de la digestion du dîner — que des convulsions nocturnes des chambrées, perdues derrière les pellicules moisies des platanes où des chiens maigres comme des lévriers du Gréco

---

(1) « Plage des Pommes » au nord-ouest de Lisbonne sur l'Atlantique. Plage familiale, lieu balnéaire pour une certaine bourgeoisie de la capitale.
(2) Entre 1916 et 1918 les Portugais ont participé à la Grande Guerre, sur le sol français, y laissant de nombreux morts, pour sauver, en particulier les colonies africaines contre les vues impérialistes allemandes

s'unissaient en coïts mélancoliques nous fixant avec des regards de nonnes moribondes douloureusement implorantes.

A Mafra, sous la pluie, j'ai vu courir les souris entre les lits superposés au milieu de la tristesse démesurée du couvent, labyrinthe de couloirs hantés par des fantômes de fourriers. A Tomar où les poissons montent de la rivière pour voguer, scintillant au hasard des rues, j'ai construit des Monastères des Hyéronimites en allumettes admirés par les cornées jaunies de parachutistes hépatiques. A Elvas, aux côtés d'un gros aspirant aussi peu ferme qu'un flan au bord d'une assiette, j'ai souhaité m'évaporer par-dessus les murailles de la ville à la façon des violonistes de Chagall dans le bleu épais de la toile, battant de mes ailes malhabiles tissées dans le drap militaire de mes manches, jusqu'à me poser à Paris. Là, je ferais une révolution d'exil, à base de tableaux abstraits et de poèmes concrets à laquelle le *Diário de Notícias* (1) de la Maison du Portugal fournirait le lest lusitanien des annonces de mariages chastes comme des notaires hypermétropes et des messes du septième jour, adoucies par le sourire sans chair des morts. Et à Santa Margarida, en attendant l'embarquement, j'ai gardé de longs troupeaux de soldats se dirigeant vers un dentiste dément qui dépeuplait leurs gencives en hurlant de bonheur assassin :

« Vous n'aurez pas de problèmes, cher collègue, avec les molaires de vos mecs », me criait-il, appuyé contre son horrible chaise, luisant de satisfaction et de sueur et enfonçant la fraise brûlante dans un maxilaire épouvanté.

Les dames du Mouvement National Féminin venaient, parfois, distraire les visons de leur ménopause en distribuant des médailles de Notre Dame de Fatima et des porte-clés à l'effigie de Salazar, le

---

(1) Grand quotidien de Lisbonne avec plusieurs pages d'annonces diverses dont la nécrologie.

tout accompagné de « Notre Père » nationalistes et de menaces de l'enfer biblique de Peniche (2) où des agents de la P.I.D.E. dépassaient en efficacité les diables innocents du catéchisme, avec leur fourche à la main ; j'ai toujours imaginé que les poils de leur pubis étaient faits d'étole de renard et que de leurs vagins coulaient, quand elles étaient excitées, des gouttes de « Ma Griffe » et de la bave de caniche, qui laissaient sur la flétrissure de leurs cuisses des traces luisantes d'escargots. Assises à la table du brigadier, elles mangeaient la soupe du bout des lèvres — comme les hémorroïques s'accommodent des tangentes des fauteuils — laissant sur les serviettes en papier des traces pincées de rouge où l'on pouvait encore discerner les tracas avec les bonnes et les séquelles de tirades patriotiques. Et je les ai retrouvées sur la rampe du bateau, le matin du départ, qui nous encourageaient avec des paquets de cigarettes bon marché et des poignées de main viriles dans lesquelles les phalanges les phalangines et les phalangettes s'articulaient entre elles par l'intermédiaire de chevalières blasonnées :

« Partez tranquilles, car nous, à l'arrière-garde, nous serons vigilantes. »

Et, en effet, en y regardant de près, il n'y avait rien à craindre de fesses aussi tristes, vis-à-vis desquelles les gaines se résignaient au rôle secondaire de ceinture contre les hernies.

Et après, vous savez ce que c'est, Lisbonne a commencé à s'éloigner de moi dans un tourbillon de plus en plus faible de marches militaires dans les accords desquelles tournoyaient les visages tragiques et immobiles du départ que le souvenir paralyse dans les attitudes de l'étonnement. Le miroir de la cabine me renvoyait mes traits déplacés par l'angoisse, comme un puzzle

---

(1) Port de pêche à environ une centaine de kilomètres au nord de Lisbonne où il y avait une prison pour les appelés accusés de « délit d'opinion ».

défait où la grimace affligée du sourire acquérait la répugnante sinuosité d'une cicatrice. Un des médecins, plié en deux sur le matelas de sa couchette, sanglotait par à-coups, comme les palpitations irrégulières d'un moteur de taxi grippé, un autre contemplait ses doigts avec la même attention vide que les nouveau-nés ou les idiots qui lèchent longuement leurs ongles, les yeux en extase, et moi, je me demandais, à moi-même ce que nous faisions là, agonisants en attente sur le navire qui se balançait comme la pédale d'une machine à coudre, avec, au loin, Lisbonne qui se noyait dans un ultime soupir d'hymne. Soudain, sans passé, avec le porte-clés et la médaille de Salazar dans la poche, debout entre la baignoire et le lavabo qui ressemblaient à ceux d'une maison de poupée, vissés au mur, je me suis senti comme la maison de mes Parents l'été : sans rideaux, les tapis roulés dans des journaux, les meubles contre les murs couverts de grands linceuls poussiéreux, l'argenterie ayant émigré dans l'office de ma grand-mère, et le gigantesque écho de pas de personne dans les salons déserts. Comme, pensai-je, lorsqu'on tousse la nuit dans les garages et que l'on sent le poids insupportable de sa propre solitude dans les oreilles, sous la forme de fracas retentissants semblables à la pulsation des tempes dans le tambour de l'oreiller.

Le second jour nous avons atteint l'île de Madère, gâteau incrusté de villas confites, flottant sur le plateau en faïence bleue de la mer, sorte d'Alenquer (1) à la dérive dans le silence de l'après-midi. L'orchestre du navire s'essoufflait dans des boléros pour officiers aussi mélancoliques que des chouettes au petit matin, et de la câle où se comprimaient les soldats il montait une haleine épaisse de vomi, odeur que j'avais oubliée depuis les midi reculés de mon enfance quand, dans la cuisine à l'heure du repas autour de

---

(1) Petite ville de l'Estremadura, proche de Lisbonne, incrustée sur une colline, toute blanche.

ma résistance à la soupe, les masques tantôt persuasifs tantôt menaçants de la famille s'agitaient, soulignant par des applaudissements chaque cuillerée jusqu'à ce que quelqu'un de plus attentif crie :

« Chantez *Papagaio loiro,* le gosse est prêt à vomir ! »

Répondant à ce terrible avertissement, tous ces adultes se mettaient à chanter faux à l'unisson, comme lors du naufrage du Titanic, les lèvres retroussées sur les dents en or, une bonne battait la mesure avec des couvercles de casserole, le jardinier faisait semblant d'être à la parade militaire, son balai sur l'épaule, et moi je rendais à l'assiette une vague de pâtes et de riz qu'on m'obligeait à ravaler, cette fois-ci sans chœur, en sifflant tout bas des insultes furibondes. Maintenant vous comprenez, étendu dans un transat sur le pont, je sentais dans la progression de la sueur contre le col de ma chemise l'implacable métamorphose de l'Hiver de Lisbonne en Eté gélatineux de l'Equateur, chaud et mou, comme les mains de M. Melo, le barbier de mon grand-père sur mon cou, dans sa boutique de la rue Primeiro de Dezembro où l'humidité multipliait le chromé des ciseaux dans les miroirs douteux ; ce dont j'avais envie avec le plus de véhémence — comme dans les temps reculés — c'était que Gija vienne gratter mon dos étroit de petit garçon avec la lenteur pétrie dans la patience de la tendresse, jusqu'à ce que je m'endorme dans des rêves lissés par le rateau de ses doigts apaisants, capables d'expulser de mon corps les spectres désespérés ou affolés qui l'habitent.

C

Luanda a commencé par n'être qu'un pauvre quai sans majesté dont les entrepôts ondulaient dans l'humidité et la chaleur. L'eau ressemblait à de la crème solaire glauque brillant sur une peau sale et vieillie sur laquelle des cordes pourries traçaient des sillons comme des veines hasardeuses. Des noirs défocalisés par l'excès de clarté vibrante s'accroupissaient par petits groupes, nous observant avec cette distraction intemporelle qui est à la fois aiguë et aveugle que l'on trouve dans les photos qui nous montrent les yeux tournés vers l'intérieur de John Coltrane lorsqu'il souffle dans son saxophone sa douce amertume d'ange ivre ; et que moi, j'imaginais devant les grosses lèvres de chacun de ces hommes une trompette invisible, prête à monter dans l'air dense, verticalement, comme les cordes des fakirs. Des oiseaux blancs et maigres se dissolvaient dans les palmiers de la baie ou, au loin, dans les maisons en bois de l'Ile, submergées par les arbustes et les insectes et dans lesquelles des putes fatiguées de tous les hommes sans tendresse de Lisbonne échouaient, buvant leurs derniers mousseux à la manière de baleines agonisantes posées sur une ultime plage, remuant de temps en temps les hanches au rythme de pasodoble d'une indéchiffrable angoisse. De tout petits sous-lieutenants à lunettes, avec l'air compétent d'étudiants-travailleurs-scrupuleux, nous ont dirigés en sautillant vers des wagons à bestiaux qui attendaient sur un ponton couvert de détritus et de goémon. Vous rappelez-vous le ponton de Cruz Quebrada (1) où les égouts meurent couchés au pied de la ville : de vieux chiens qui dégueulent sur le paillasson un vomissement d'ordures ? Partout où nous abordons dans le monde, nous signalons notre présence par des « padrões » manuélins (2) et des boîtes de conserve vides, dans une combinaison subtile de scorbut héroïque et de fer-blanc rouillé. J'ai toujours soutenu l'idée d'ériger au milieu d'une place adéquate, dans le Pays, un monument au crachat : crachat-buste, crachat-maréchal, crachat-poète, crachat-homme-d'Etat, crachat-équestre, quelque chose qui contribue, dans le futur, à la parfaite définition du parfait Portugais : il se vantait de forniquer et crachait par terre. Quant à la philosophie, ma chère amie, l'article de fond du journal, aussi riche d'idées que l'est le désert de Gobi d'Esquimaux, nous suffit. De sorte que le cerveau épuisé par des raisonnements compliqués nous ingurgitons des ampoules buvables aux repas afin de réussir à penser.

Un autre *drambuie* vous ferait envie ? Parler d'ampoules buvables me donne toujours soif de liquides sirupeux, jaunes, dans l'espoir insensé de découvrir, par leur truchement et celui du doux vertige jovial qu'ils me procurent, le secret de la vie et des gens, la quadrature du cercle des émotions. Parfois, au sixième ou septième verre, je sens que j'y arrive presque, que je suis sur le point d'y arriver, que les pinces maladroites de mon entendement vont cueillir, avec des précautions chirurgicales, le noyau délicat du mystère, mais tout de suite après je sombre dans la jubilation informe d'une pâteuse idiotie à laquelle je m'arrache le lendemain à grands coups d'aspirine et de bicarbonate, trébuchant sur mes

(1) Banlieue ouest de Lisbonne, avec une plage assez sale donnant sur l'embouchure du Tage.
(2) Les navigateurs laissaient aux XV et XVIe siècles des sortes de colonnes en pierre aux armes du Portugal sur les terres nouvelles qu'ils découvraient : Afrique, Brésil, Orient.

pantoufles en partant au travail, portant sur le dos l'irrémédiable opacité de mon existence, marais d'énigmes aussi dense que la pâte formée par le trop-plein de sucre au fond de ma tasse de café matinale. Ne vous est-il jamais arrivé de sentir que vous êtes près, que vous allez parvenir dans un instant au but, ajourné et éternellement poursuivi des années durant, parvenir au projet qui fait en même temps votre désespoir et votre espoir, d'étendre la main pour l'attraper dans une joie incontrôlable et, soudain, de tomber sur le dos, les doigts fermés sur le vide, tandis que le but et le projet s'éloignent tranquillement de vous, au petit trot de l'indifférence, sans même vous lancer un regard ? Mais peut-être ne connaissez-vous pas cette horrible espèce de défaite, peut-être la métaphysique ne constitue-t-elle pour vous qu'une très légère indisposition passagère, comme une démangeaison éphémère ; peut-être êtes-vous habitée par la joyeuse légèreté des barques à l'ancre qui se balancent lentement dans une cadence autonome de berceaux. D'ailleurs, une des choses qui m'enchante en vous, permettez-moi de vous l'affirmer, c'est l'innocence. Non point l'innocence innocente des enfants et des flics, faite d'une sorte de virginité intérieure obtenue à force de crédulité ou de stupidité, mais l'innocence savante, résignée, quasi végétale, dirais-je, de ceux qui attendent des autres et d'eux-mêmes, la même chose que vous et moi, assis ici, attendons du barman qui se dirige vers nous, hélé par mon bras levé de bon élève chronique : une attention vague et distraite, et un mépris souverain pour le maigre pourboire de notre gratitude.

Le train plein de valises et de la crainte timide des étrangers en terre inconnue, dont la lusitanité s'affirmait, à notre avis, être aussi problématique que l'honnêteté d'un ministre, a roulé du quai vers les bidonvilles dans un dandinement de pigeon qui se rengorge. La misère colorée des quartiers qui encerclaient Luanda, les cuisses lentes des femmes, les ventres gonflés de faim des enfants immobiles sur les talus, en train de nous regarder tenant des jouets dérisoires au bout d'une ficelle, ont commencé à réveiller en moi un sentiment bizarre d'absurdité dont je sentais l'inconfort persistant depuis mon départ de Lisbonne, dans la tête ou aux tripes, sous la forme physique d'un tourment impossible à localiser, tourment qu'un des prêtres qui étaient dans le bateau semblait partager avec moi, lui qui se fatiguait à trouver dans son bréviaire des justifications bibliques pour les massacres d'innocents. Nous nous rencontrions, parfois, la nuit, contre le bastingage, lui le livre à la main, moi les mains dans les poches, fixant les mêmes vagues noires et opaques où des reflets occasionnels (de quelles lumières, de quelles étoiles? de quelles gigantesques prunelles?) sautaient comme des poissons, comme si nous cherchions dans cette sombre étendue horizontale, labourée par les hélices du bateau, une réponse qui éclairerait nos inquiétudes informulées. J'ai perdu de vue ce prêtre (d'ailleurs, perdre de vue rapidement tous les prêtres et toutes les femmes que je rencontre est une fatalité qui me poursuit), mais je me souviens, avec la netteté d'un cauchemar d'enfant, de sa grimace, de Noé perplexe embarqué de force dans une arche où tous les animaux ont la colique, des animaux arrachés à leurs forêts natales de bureaux, de tables de billard et de clubs privés, pour être lancés, au nom d'idéaux véhéments et imbéciles, dans deux années d'angoisse, d'insécurité et de mort. Au sujet de la véracité de cette dernière, il ne subsistait du reste aucun doute : de grands caissons remplis de cercueils occupaient une partie de la cale et le jeu plutôt macabre consistait à essayer de deviner, en observant les visages des autres, et le nôtre, quels seraient leurs futurs habitants. Celui-là ? Moi ? Tous les deux ? Le gros major, là-bas, au fond, qui cause avec le sous-lieutenant des transmissions ? Dès que l'on examine exagérément les gens, ceux-ci commencent à prendre insensiblement, non plus un aspect familier, mais un profil posthume, que nos divagations sur leur disparition dignifient. La sympathie, l'amitié, même une certaine tendresse deviennent plus faciles, la complaisance surgit sans peine, l'idiotie gagne la séduction aimable de l'ingénuité. Evidemment, au fond, c'est notre propre mort que nous craignons en vivant celle des autres, et c'est face à elle et par elle que nous devenons docilement des lâches.

Vous ne voulez pas passer à la vodka ? On fait mieux face au spectre de l'agonie avec la langue et l'estomac en feu, et ce type d'alcool de lampe qui sent le parfum de grand-tante possède la vertu bénéfique d'incendier ma gastrite, et, par conséquent, de faire monter le niveau de mon courage : il n'y a rien comme l'aigreur d'estomac pour dissoudre la peur ou plutôt, si vous préférez, pour transformer notre égoïsme passif habituel en un impétueux trébuchement qui n'est pas, dans son essence, très différent, mais qui est, au moins, plus actif : le secret du fameux ulcère de Napoléon, comprenez-vous ? la clé qui éclaire Wagram et Austerlitz. Et ces soucoupes de petites choses vénéneuses et salées, que sûrement l'empereur ne goûta jamais, parcourront nos intestins comme des petites pierres de soude caustique capables de nous jeter, à la faveur de l'élancement d'une colique, vers les plus folles ou les plus douces aventures. Qui sait si nous ne terminerons pas la nuit en faisant l'amour, vous et moi, furibonds comme deux rhinocéros avec une rage de dents jusqu'à ce que le matin éclaire, lividement, les draps défaits par nos coups de corne de désespoir ? Les voisins d'en dessous, stupéfaits, croiront que j'ai amené à la maison deux pachidermes qui s'entre-dévorent dans un concert de hurlements de haine et d'accouchements et, qui sait si une telle nouveauté n'éveillera pas en eux des humeurs depuis longtemps endormies, et si cela ne les amènera pas à s'emboîter à la manière de pièces de ces puzzles japonais impossibles à séparer sans la patience infinie d'un chirurgien ou le couteau expert d'un châtreur définitif. Etes-vous capable de porter le petit déjeuner au lit en sentant déjà le dentifrice et l'optimisme ? De siffler par les incisives comme les boulangers, d'antan, anges enfarinés, au panier sur l'épaule qui remplaçaient les gardiens de nuit — chouettes fatiguées — et dont le souvenir reste une des moins mélancoliques tranches de souvenirs de mon enfance ? Etes-vous capable d'aimer ? Excusez-moi, la question est bête, toutes les femmes sont capables d'aimer et celles qui ne le sont pas s'aiment elles-mêmes à travers les autres, ce qui, en pratique, et, au moins pendant les premiers mois, est presque impossible à distinguer de la véritable affection. Ne faites pas attention, le vin suit son cours et d'ici peu je vous demanderai en mariage : c'est l'habitude. Quand je suis très seul ou que j'ai trop bu, un bouquet de fleurs en cire de projets conjugaux se met à pousser en moi, à la façon d'une moisissure dans les armoires fermées et je deviens gluant, vulnérable, pleurnichard et totalement débile ; je vous avertis : c'est le moment pour vous de filer à l'anglaise, avec une excuse quelconque, de vous enfourner dans votre voiture avec un soupir de soulagement, de téléphoner ensuite, de chez le coiffeur, à vos amies pour leur raconter, entre deux rires, mes propositions sans imagination. Cependant, et jusque-là, si vous n'y voyez aucun inconvénient, je rapproche un peu plus ma chaise de la vôtre et je vous accompagne encore pour un verre ou deux.

Le train qui s'est enfui avec nous de cette Cruz Quebrada africaine et de sa couronne de grues oxydées et de mouettes à hautes pattes, a fini par nous déposer dans une espèce de casernement, au large de Luanda, où des baraquements en ciment brûlaient à la chaleur, où la sueur crépitait sur notre peau comme de l'eau bouillante. Dans les logements des officiers, entourés de bananiers aux grandes feuilles déchirées pareilles à des ailes d'archange en ruine, les moustiques traversaient les moustiquaires des fenêtres pour produire, dans l'obscurité, tous ensemble, une rumeur insistante et aiguë dans laquelle mon sang chantait, sucé en lampées rapides et finalement libéré de moi. Dehors, un ciel d'étoiles inconnues me surprenait : l'impression qu'on avait superposé un univers faux à mon univers habituel m'assaillait parfois. Il suffirait de rompre, avec mes doigts, ce décor insolite et fragile pour rentrer à nouveau dans mon quotidien de toujours, peuplé de visages familiers et d'odeurs qui m'accompagnaient fidèlement comme des petits chiens. On dînait en ville, aux terrasses sordides, regorgeant de soldats entre les genoux desquels circulaient accroupis les cireurs misérables qui lançaient à leurs bottes, obliquement, de véhémentes œillades de passion, ou bien des individus sans jambes et qui tendaient timidement des fétiches sculptés au canif, analogues aux Tours de Belém en plastique de mon pays natal. Des types blancs graisseux, un porte-documents sous le bras, échangeaient de l'argent portugais contre de l'argent angolais dans une savante lenteur d'usuriers ; les rues, qui ressemblaient toutes à la rue Morais Soares (1), s'approchaient et s'éloignaient les unes des autres, dans un labyrinthe embrouillé, en allant vers le fort ; des néons de province se répandaient sur les trottoirs en flaques clignotantes d'un strabisme orangé. Mouillant dans la baie, le navire qui nous avait amenés doublait son reflet sur l'eau en préparant son départ : il allait retourner sans moi à l'hiver et au brouillard de Lisbonne où tout se poursuivait en mon absence, au rythme de l'habitude, de façon irritante, me laissant imaginer, dépité, ce qui suivrait inévitablement après ma mort et qui ne serait finalement que le prolongement de l'indifférence morne et neutre, sans enthousiasme ni tragédie, que je connaissais si bien, faite de jours cousus entre eux par une bureaucratie funèbre dépourvue des flammes de l'inquiétude. Est-ce que vous croyez aux sursauts, aux grands moments, aux séismes intérieurs, aux vols planés de l'extase ? Détrompez-vous, ma chère, tout cela n'est

---

(1) Rue résidentielle et très banale de Lisbonne.

qu'une mystification optique, un ingénieux jeu de miroirs, une simple machination de théâtre, sans autre réalité que le carton-pâte et la cellophane du décor qui lui donnent une forme et c'est la force de notre illusion qui lui confère une apparence de mouvement. C'est comme ce bar et ses lampes Art-Nouveau d'un goût douteux, ses habitants aux têtes rapprochées qui se disent en secret des banalités délicieuses dans la suave euphorie de l'alcool, la musique de fond donnant à nos sourires la mystérieuse profondeur de sentiments que nous ne possédons jamais ; encore une demi-bouteille et nous nous croirions Vermeer, aussi habiles que lui à traduire, par la simplicité domestique d'un geste, la touchante et inexprimable amertume de notre condition. La proximité de la mort nous rend plus avertis, ou du moins plus prudents : à Luanda, en attendant d'aller dans quelques jours, dans la zone des combats, on échangeait avantageusement la métaphysique contre les cabarets de bas étage de l'Ile, une poule de chaque côté, le seau de mousseux devant nous et la petite du streep-tease qui louche et se déshabille sur la scène avec la même absence éreintée que celle d'un vieux serpent changeant de peau. Je me suis réveillé plusieurs fois dans des chambres de pensions borgnes sans même avoir compris comment j'y étais entré et je me suis rhabillé en silence, cherchant mes souliers sous un soutien-gorge en dentelle noire, avec l'intention de ne pas troubler le sommeil d'un corps quelconque enroulé dans les draps et dont je n'apercevais que la masse confuse des cheveux. En effet, et selon les prophéties de ma famille, j'étais devenu un homme : une espèce d'avidité triste et cynique, faite de désespérance cupide, d'égoïsme et de l'urgence de me cacher de moi-même, avait remplacé à jamais, le plaisir fragile de la joie de l'enfance, du rire sans réserve ni sous-entendus, embaumé de pureté, et que de temps en temps il me semble entendre, voyez-vous, la nuit, en revenant chez moi, dans une rue déserte, résonnant dans mon dos en cascades moqueuses.

D

Non, non, je n'ai mal nulle part, peut-être un peu à la tête, ce n'est rien, une impression, un vertige. Cette rumeur monotone de la conversation, ces odeurs mélangées, les traits qui se décomposent et se déplacent par le seul acte de parler, tout cela m'étourdit : je ne connais personne, je n'ai pas l'habitude de ces temples exotiques où l'on ne sacrifie plus des viscères d'animaux, mais son propre foie, modernes catacombes auxquelles les lumières rares des lampes votives et le murmure d'oraison des conversations confèrent une tonalité de religion sacrilège dont le barman est le veau d'or, immobile derrière le comptoir-maître-autel, entouré des diacres-habitués qui lèvent en son honneur des *black-velvets*-rituels. Les croix de thymols remplacent les crucifix ; nous jeûnons à Pâques afin de faire baisser le taux de graisse dans le sang, nous communions le dimanche avec des vitamines purificatrices, nous confessons à la psychothérapie de groupe les manquements à notre chasteté, et nous recevons, en pénitence, l'ardoise mensuelle à payer. Vous voyez : rien n'a changé, seulement nous nous croyons athées parce qu'au lieu de nous frapper la poitrine c'est le médecin, qui frappe pour nous avec le diaphragme de son stéthoscope. Je me sens ici, vous comprenez, tel que mon père, petit, se sentait à l'église, pendant les messes pour les morts de la famille, auxquelles il arrivait invariablement en retard et restait planté à côté d'un bénitier, les mains derrière le dos, Robespierre en duffle-coat défiant les troncs des aumônes et les tristes yeux d'argile des saints. J'appartiens sans doute à un autre lieu, je ne sais d'ailleurs pas bien lequel, mais je suppose qu'il est si loin dans le temps et dans l'espace que jamais je ne le retrouverai. J'appartiens peut-être au Jardin Zoologique d'antan, et au professeur noir glissant en arrière sur la patinoire sous les arbres, entre les cris des animaux et la clochette du vendeur de glaces. Si j'étais une girafe, je vous aimerais en silence, en vous regardant fixement du haut du grillage avec une mélancolie de grue mécanique, je vous aimerais de cet amour gauche de ceux qui sont exagérément grands, en mâchant d'un air pensif le chewing-gum des feuilles, jaloux des ours, des tamanoirs, des ornithorinques, des cacatoès et des crocodiles et je ferais descendre lentement mon cou par les poulies de ses tendons pour aller cacher ma tête dans votre poitrine en donnant des petits coups tremblants de tendresse. Parce que, permettez-moi de vous l'avouer, je suis un tendre, je suis un tendre même avant le sixième J.B. sans eau, ou le huitième *drambuie,* je suis stupidement, docilement tendre comme un chien malade, un de ces chiens implorants aux orbites trop humaines et qui, de temps en temps, dans la rue, sans motif apparent, collent leur museau à nos talons et gémissent des passions tourmentées d'esclaves et que nous finissons par renvoyer à coups de pied ; ils s'éloignent alors en sanglotant dans leur for intérieur, certainement des sonnets d'almanach et des larmes de violettes fanées. Il y a deux choses, ma bonne amie, que je continue à partager avec la classe dont je suis issu (et en cela je déçois le poster de Guevarra ce Carlos Gardel de la Révolution que j'ai accroché au-dessus de mon lit pour qu'il me protège des cauchemars bourgeois, et qui fonctionne pour moi, un peu comme un joyau magnétique Vitafor de l'âme) : l'émotion facile qui me fait renifler au bistrot devant le feuilleton de la télévision, et la peur glaçante du ridicule. Ce que j'aimerais réussir, par exemple, sans ostentation ni honte, ce serait de couronner ma calvitie naissante d'un chapeau tyrolien à plumes. Ou alors de laisser pousser l'ongle de mon auriculaire. Ou de coincer mon billet de tramway dans mon alliance. Ou d'accueillir mes malades vêtu en clown pauvre. Ou de vous offrir ma photo dans un petit cœur en émail pour que vous la portiez quand vous serez très grosse, parce que vous engraisserez un jour ne vous inquiétez pas, nous tous, nous serons gros, gros, gros et tranquilles comme les chats châtrés qui attendent la mort dans les matinées de l'Odéon (1).

Pourtant, à l'époque dont je vous parle, j'avais des cheveux, enfin pas mal de cheveux, bien que ratiboisés selon le règlement, courts ou cachés dans la soucoupe du béret militaire, et je descendais de Luanda à Nova Lisboa, en direction de la guerre, au milieu d'incroyables horizons sans limites. Comprenez-moi : je suis l'homme d'un pays étroit et vieux, d'une ville noyée dans les maisons qui se multiplient et se reflètent mutuellement dans leurs façades d' « azulejos » et dans l'ovale des bassins, et l'illusion d'espace que je connais ici, à Lisbonne, parce que le ciel est fait de pigeons tout proches, se réduit à une maigre portion de fleuve, serrée entre les tranchants des angles des maisons et traversée obliquement, dans un transport héroïque, par le bras de bronze d'un navigateur. Je suis né, j'ai grandi dans un univers étriqué de crochet, crochet de ma grand-tante et crochet du gothique manuélin ; dès l'enfance on a fait de ma tête un filigrane, on m'a habitué à la petitesse du bibelot, on m'a interdit le chant IX des « Lusiades » (2) et on m'a depuis toujours appris à dire adieu avec mon mouchoir, au lieu de partir. On m'a policé l'esprit, bref, on a réduit ma géographie à des problèmes de fuseaux horaires, à des

(1) Cinéma populaire du centre de Lisbonne, où les désœuvrés et les petites bourgeoises vont voir des mélodrames ou des films de série B.
(2) Poème épique de Luis de Camões au XVIe siècle racontant le voyage de Vasco de Gama aux Indes et divisé en dix chants. Le neuvième était souvent défendu pour son caractère « érotique ».

calculs d'heures d'employé de bureau dont la caravelle destinée à aborder les Indes s'est métamorphosée en une table de formica avec, dessus, une éponge pour mouiller les timbres et la langue. Vous est-il déjà arrivé de rêver, les coudes sur une de ces horribles tables, et de terminer la journée dans un troisième étage du Campo de Ourique ou de la Povoa de Santo Adrião à écouter pousser votre propre barbe pendant les longues soirées vides. Avez-vous déjà souffert la mort quotidienne de vous réveiller tous les jours auprès de quelqu'un que vous détestez tièdement ? Aller tous les deux en voiture au travail, les yeux cernés de sommeil, lourds de déception et de fatigue anticipées, sans mots, ni sentiments, ni vie ? Alors imaginez que, brusquement, sans avertir, tout ce monde en diminutif, tout ce réseau de tristes habitudes, toute cette mélancolie réduite à des presse-papiers dans lesquels il neige, dans lesquels une neige monotone se renverse, tout s'évapore, les racines qui vous accrochent à des résignations de coussin brodé, disparaissent, les liens qui vous attachent à des gens qui vous ennuient se brisent, et vous vous réveillez dans une camionnette pas très confortable, c'est sûr, et pleine de bidasses, c'est vrai, mais qui circule dans un paysage inimaginable où tout flotte, les couleurs, les arbres, les contours gigantesques des choses, le ciel qui ouvre et ferme sur de grands escaliers de nuages dans lesquels le regard trébuche et tombe sur le dos comme un grand oiseau extasié.

Néanmoins, de temps en temps, le Portugal réapparaissait au bord de la route, sous la forme de petites bourgades, dans lesquelles de rares blancs, devenus translucides de paludisme, essayaient désespérément de recréer des banlieues de Lisbonne perdues, collant des hirondelles de faïence entre les fenêtres ou suspendant des lanternes de fer forgé sous les auvents des portes : qui sème des églises pendant des siècles finit, inévitablement, par placer des vases avec des fleurs en plastique sur les frigos, de la même façon que Tolstoï, moribond, répétait, sur le drap, de ses doigts aveugles l'acte d'écrire, à cette différence près que nos phrases se résument à des bienvenues sur des « azulejos » et à un mot d'accueil décoloré sur le paillasson de l'entrée. Jusqu'à ce qu'à la fin du jour, une de ces fins de jour sans crépuscule, la nuit succédant abruptement au jour, nous arrivions à Nova Lisboa, ville ferroviaire sur le plateau dont je garde un souvenir confus de cafés provinciaux et de vitrines poussiéreuses et du restaurant où nous avons dîné, le fusil entre les genoux, observés par des métis aux lunettes noires, immobiles devant des bières immémoriales et dont les traits fixes possédaient la consistance opaque des cicatrices : pendant tout le steak je me suis senti comme à la préface d'un massacre de Saint Valentin, prêt à des fusillades de Loi de la Prohibition, et je portais ma fourchette à la bouche dans un ennui mou d'Al Capone, composant dans les miroirs des sourires d'une manifeste cruauté ; encore aujourd'hui, savez-vous, je sors du cinéma en allumant ma cigarette à la façon d'Humphrey Bogart jusqu'au moment où la vision de ma propre image dans une vitre m'enlève mes illusions : au lieu de marcher vers les bras de Lauren Bacall, je me dirige, en fait vers mon quartier de la Picheleira (1), et l'illusion s'écroule dans le fracas lancinant des mythes défaits. Je mets la clé dans la serrure (Humphrey Bogart ou moi ?), j'hésite, j'entre, je regarde la gravure dans le vestibule (c'est moi qui la regarde, définitivement) et je m'enfonce dans le canapé en soupirant comme un pneu qui se vide, telle une Cendrillon à l'envers. Tout comme lorsque je sortirai d'ici, vous comprenez, après avoir terminé cette histoire bizarre et avoir bu, avec des lenteurs de chameau, toutes ces bouteilles visibles et que je me retrouverai dehors, dans le froid, loin de votre silence et de votre sourire, seul comme un orphelin, les mains dans les poches, pour assister à la naissance du jour dans une angoisse crémeuse que

---

(1) Quartier assez récent au nord de Lisbonne.

souligne, macabrement, la lividité des arbres. Les petits matins, du reste, font mon tourment : graisseux, gelés, aigres, remplis d'amertume et de rancune. Rien ne vit encore et pourtant une menace indéfinissable prend corps, s'approche, nous poursuit, enfle dans nos poitrines, nous empêche de respirer librement, les plis de l'oreiller se pétrifient, les meubles, pointus, deviennent hostiles. Les plantes en pot allongent vers nous des tentacules assoiffés, de l'autre côté des miroirs des objets démoniaques se refusent aux doigts que nous leur tendons, les pantoufles disparaissent, la robe de chambre n'existe pas, et, à l'intérieur de nous, entêté, insistant, douloureusement lent, marche ce train qui traverse l'Angola, de Nova Lisboa à Luso, débordant d'hommes en uniforme qui se cognent la tête aux fenêtres à la recherche d'un impossible sommeil.

Connaissez-vous le Général Machado ? Non, ne froncez pas vos sourcils, ne cherchez pas, personne ne connaît le Général Machado. Cent pour cent des Portugais n'ont jamais entendu parler du Général Machado, la planète tourne, malgré cette ignorance, et moi, personnellement, je le hais. C'était le père de ma grand-mère maternelle, laquelle, le dimanche, avant le déjeuner, me montrait fièrement la photographie d'une sorte d'antipathique pompier moustachu, propriétaire de nombreuses médailles qui trônaient dans une armoire vitrée du salon, conjointement à d'autres trophées guerriers, tout aussi inutiles, mais auxquels la famille semblait vouer une vénération comme à des reliques. Sachez donc que pendant des années, ennuyé et ébahi, j'ai écouté, heddomadairement, le feuilleton, narré par la voix émue de ma grand-mère, les prouesses vétustes dudit pompier, hissées, pour la circonstance à des sommets épiques : le Général Machado a empoisonné mon steak durant des années et des années, introduisant dans la viande la moisissure indigeste d'une dignité figée, dont la rigidité victorienne me dégoûtait. Et c'est précisément cette créature néfaste, dont les orbites globuleuses, de préfet ou de curé, me censuraient depuis le mur, me refusant jusqu'à la douteuse absolution qui plane comme une aura sur les sourires jaunis des portraits anciens, c'est lui, dis-je, qui a construit ou a dirigé la construction, ou a conçu la construction, ou a conçu et dirigé la construction de la voie ferrée que nous suivions, un détecteur de mines sur le devant, tintant le long d'une plaine sans commencement ni fin ; et nous mâchions les conserves de la ration de combat avec un manque d'appétit où se logeait déjà la peur panique de la mort, qui, pendant vingt-sept mois, a fait croître ses champignons verdâtres dans l'humidité de mes tripes. Au mess des officiers à Luso sorte de quartier banlieusard aux rues géométriques et aux logements économiques, planté sur le plateau des Bundas, dans l'esprit d'un Portugal pour les Petits (1) corporatif, qui a fait de l'*Estado Novo* une constante aberration par défaut ou par excès, j'ai vu, pour la dernière fois avant très longtemps, des rideaux, des verres à Porto, des femmes blanches et des tapis ; petit à petit ce à quoi je m'étais habitué pendant des années s'éloignait de moi : famille, confort, tranquillité, le plaisir même des embêtements sans danger, des mélancolies paisibles, si agréables lorsque rien ne nous manque, du profond ennui à la António Nobre (2) né de la croyance convaincue en une supériorité illusoire. Par exemple, la tristesse après le dîner remplaçait les mots croisés du journal, et j'occupais le temps à remplir les petits carrés blancs avec des élucubrations compliquées qui oscillaient entre une forte idiotie et une profondeur vulgaire, qui sont d'ailleurs les limites dans lesquelles se condense la pensée lusitanienne, équivalents métaphy-

---

(1) Très célèbre parc (Portugal dos Pequeninhos) à Coimbra de la période salazariste du début, où l'on voit, à l'échelle des enfants, tous les habitats typiques du nord au sud du Portugal, plus ceux de ses colonies d'alors.
(2) Poète (1867-1903) important, à la fois provincial, ultra-romantique, symboliste, portant en lui un pessimisme « lusitanien » très marqué.

siques des quatrains écrits à la saint Jean (3). Comprenez-moi : nous appartenons à un pays où la vivacité tient lieu de talent et la dextérité celui de capacité créatrice, et je crois, fréquemment, que nous ne sommes en réalité que des débiles mentaux, très habiles, qui savent réparer les fusibles de l'âme à force d'expédients de fil de fer. Même le fait d'être ici avec vous n'est peut-être qu'un expédient de fil de fer pour me sauver de la marée basse du désespoir qui me menace, désespoir dont je ne connais pas la cause, entendez-vous, et qui, la nuit, m'enroule dans sa vase visqueuse, me noie dans l'affliction et la crainte, me mouille la lèvre supérieure d'une moustache de sueur, me fait trembler les genoux, qui claquent, avec un bruit de castagnettes, comme des dentiers de concierge endormi. Non, sérieusement, le crépuscule arrive et mon cœur s'accélère, je le sens au pouls, mes viscères se compriment, ma vésicule me fait mal, mes oreilles bourdonnent, quelque chose d'indéfinissable et de prêt à se rompre palpite, tendu dans ma poitrine : un de ces jours ma concierge me découvrira étendu nu par terre dans la salle de bains, un filet de dentifrice et de sang au coin de la bouche, les pupilles subitement énormes, contemplant le néant, sentant mauvais, incolore, enflé de gaz. Vous lirez le journal, vous n'en croirez pas vos yeux, vous relirez, vérifierez le nom, la profession, l'âge et deux heures après vous aurez oublié et vous viendrez ici comme d'habitude, ancrer votre silence dans un havre de verres, faire cliqueter au moindre geste, vos bracelets indiens qui rappellent une Londres mythique perdue dans le brouillard du passé, à l'époque où Bob Dylan parlait et où les jambes des vendeuses du Selfridges étaient presque aussi séduisantes que les sourires des policiers ?

Une autre vodka ? Il est vrai que je n'ai pas terminé la mienne,

---

(1) Pour la saint Jean, 23-24 juin, on offre des œillets en papier, plantés dans un pot de basilic, avec un quatrain écrit sur un papier enroulé autour du pied de l'œillet.

mais à ce moment de mon récit je me trouble invariablement, que voulez-vous : déjà six ans et je me trouble encore. Nous descendions de Luso vers les Terres de la Fin du Monde, en colonne, sur des pistes de sable, Lucusse, Luanguinga, les compagnies indépendantes qui protégeaient la construction de la route, le désert uniforme et laid de l'Est, des villages noirs encerclés de barbelés autour des préfabriqués des casernements, le silence de cimetière des réfectoires, des casernes en zinc pourrissant lentement ; nous descendions vers les Terres de la Fin du Monde, à deux mille kilomètres de Luanda ; janvier se terminait, il pleuvait, et nous allions mourir, nous allions mourir et il pleuvait, il pleuvait, et assis dans la cabine de la camionnette, à côté du chauffeur, le béret sur les yeux, la vibration d'une infinie cigarette à la main, j'ai commencé mon douloureux apprentissage de l'agonie.

E

Gago Coutinho, à trois cents kilomètres au sud de Luso et près de la frontière avec la Zambie, était un mamelon de terre rouge poussiéreuse, entre deux plaines pourries, un quartier militaire, des villages noirs, dont les chefs, les *sobas,* étaient obligés par le Gouvernement portugais à des fantaisies de Carnaval ou de films ridicules, le poste de la P.I.D.E., l'administration, le café de Mete Lenha et le village des lépreux ; une fois par semaine j'agitais la cloche de la chapelle perdue au milieu d'un cercle de cases apparemment désertes, dans le silence chargé de bruit qui est celui de l'Afrique lorsqu'elle se tait, et des dizaines de larves informes commençaient à surgir, boitant, se traînant, trottant, des arbustes, des arbres, des cases, des contours indécis des ombres, des larves à la Bosch, de tous âges, sur les épaules desquelles des lambeaux de lambeaux s'agitaient comme des plumes, avançaient vers moi, à la manière des crapauds monstrueux des cauchemars de l'enfance, elles tendaient leurs moignons ulcéreux vers les flacons de médicaments. Monsieur Jonatão, l'infirmier noir de la délégation de santé, qui souriait constamment comme les Chinois de Tintin, distribuait les pastilles avec la majesté macabre d'un rituel eucharistique, pour déterrés vivants, parmi lesquels des aveugles qui tournaient vers personne leurs orbites inhabitées, réduites à une brume bleue humide de muqueuse répugnante. Des gosses sans doigts, affolés par les mouches, se groupaient en un essaim muet d'épouvante, des femmes aux traits de gargouille échangeaient en secret des dialogues que les palais en ruine de leurs bouches transformaient en une pâte de gémissements, et moi, je pensais à la Résurrection de la chair du catéchisme, comme à des morceaux de tripes s'élevant des trous des cimetières dans un réveil lent d'ophidiens. Regardez : un peu comme si tous ces gens pâles, qui, ici, se parlent à l'oreille, pliés comme des fœtus, s'enroulant mutuellement autour de leurs nuques les tentacules sans os de leurs bras, sortaient en avalanche dans la rue, où ne les attendraient pas la nuit apprivoisée et complice de ce quartier — où les bassets et les comtesses ronflent ensemble — mais un jour excessif, illuminé par le soleil vertical des salles d'opération ou des rings de boxe, qui révélerait sans pitié les cernes sous les yeux, les rides, les plis de la fatigue, la ptose des seins, les expressions vides qu'aucun cognac ne meuble plus. Monsieur Jonatão, royalement installé sur une chaise désarticulée, absolvait à la teinture d'iode les blessures qu'on lui tendait, les badigeonnant à la manière d'extrêmes-onctions expéditives, exorcisant inutilement la présence de la mort ; et moi, je circulais au hasard, de case en case, faisant peur aux vieilles squelettiques accroupies à l'entrée des paillottes et dont les jupes trop larges pour leurs hanches d'icônes étaient pareilles à ces étuis en papier qui enveloppent les pailles pour les rafraîchissements. Et il y avait l'odeur de décomposition du manioc séchant sur les nattes, l'humidité qu'on flairait dans l'air, la pluie qui s'annonçait, les excréments séchés comme des étrons en carton pour les blagues de Carnaval, les rats obèses fouinant dans les ordures, la plaine horizontale au loin, traversée par une rivière sinueuse et étroite comme une veine sur la main, et les chauves-souris qui attendent le crépuscule accrochées aux vestiges de temple grec d'une maison coloniale, enfouie dans la broussaille incolore de l'oubli.

Gago Coutinho, c'était aussi le café de Mete Lenha, un blanc très nouille que ses efforts tordaient dans des grimaces de défécation, marié à une espèce de bouteille de Butagaz parée de colliers stridents, toujours en train de se plaindre auprès des officiers des soldats qui, pour leur rendre hommage pinçaient ses fesses atlantiques, difficiles d'ailleurs à discerner chez une femme apparentée à une immense fesse roulante dont même les joues avaient quelque chose d'anal et le nez ressemblait à une enflure gênante d'hémorroïde ; c'était un café pour des rafraîchissements innocents pendant les si longs après-midi de dimanche et où, pour la première fois, le lieutenant, d'un ton confidentiel, a ouvert son portefeuille pour me montrer la photo de sa bonne, et, en se rejetant en arrière sur le dossier en fer de sa chaise beaucoup trop exiguë pour ses énormes omoplates, il m'a révélé la synthèse du produit des méditations d'une vie : « Une bonniche que le patron ne baise pas, ne s'attache jamais à une maison. »

Dans le sinistre bâtiment de l'hôpital civil, identique à une pension de province moribonde, aux murs boursouflés de furoncles d'humidité, les malades de paludisme tremblaient de fièvre sur les marches de l'entrée, dans le couloir, dans le cabinet de consultation, dans le cagibi destiné aux piqûres, en attendant les ampoules de quinine, dans la tranquillité immémoriale des noirs, pour qui le temps, la distance et la vie ont une profondeur et une signification impossible à expliquer à qui est né entre des tombeaux d'infantes et des réveille-matin, aiguillonné par des dates de batailles, des monastères et des horloges pointeuses. Devant le bureau, épais comme un « bunker », sur lequel j'installais ma science de manuels universitaires, la misère, et la faim défilaient tout le long de la matinée dans la sérénité monotone de la pluie de septembre et l'unique réponse que mon impuissance permettait c'était les comprimés de vitamines de l'armée, adoucis par un sourire d'excuses et de honte. Empêchés de pêcher et de chasser, sans terres à cultiver, prisonniers des barbelés et des aumônes de poisson séché données par l'administration, épiés par la P.I.D.E., tyrannisés par les cipayes, les gars fuyaient dans la jungle, où se cachait le M.P.L.A., ennemi invisible, qui nous obligeait à une allucinante guerre de fantômes. A chaque blessé dans une embuscade ou sur une mine, je me posais la même question angoissée, moi, fils de la Jeunesse Portugaise, des journaux « Novidades » et « Debate » (1) neveu de catéchistes et intime de la Sainte Famille qui nous rendait visite à domicile dans un globe de verre, j'étais poussé dans ce grand éclat de poudre, dans une surprise immense : sont-ce les guerrilleros ou Lisbonne qui nous assassinent, Lisbonne, les Américains, les Russes, les Chinois, les fils de putains qui se sont concertés pour nous baiser au nom d'intérêts qui nous échappent, qui m'a enfilé dans ce trou pourri fait de poussière rouge et de sable, pour jouer aux dames avec le capitaine âgé, sorti du rang, qui sentait la ménopause d'écrivassier résigné et qui souffrait de l'aigreur chronique d'une colite ? Qui va déchiffrer pour moi cette absurdité, les lettres que je reçois et qui me parlent d'un monde que la grande distance a rendu étranger et irréel, ces calendriers que je biffe avec des petites croix en comptant les jours qui me séparent du retour et en ne trouvant, devant moi, qu'un interminable tunnel de mois, un sombre tunnel de mois dans lequel je me précipite en mugissant comme un bœuf blessé qui ne comprend pas, qui ne comprend pas, qui n'arrive pas à comprendre et qui finit par enfoncer son triste museau mouillé dans les os de poulets accompagnés de spaghetti de la ration, de la même façon, vous comprenez, que moi, ici, en votre compagnie, je me sens comme un cheval, les narines enfouies dans un couffin de vodka, mâchant le foin amer du citron.

Après le dîner, les jeeps des officiers tournaient de hutte en hutte avec des hésitations de ver luisant cherchant l'amour bon

---

(1) Journaux catholiques du Portugal.

marché et rapide dans des pièces étouffantes, éclairées par des lampes à pétrole, indécises qui coloriaient les murs d'une illusion de chapelle. On arrivait avec le tube de pommade anti-vénérienne dans la poche et on l'appliquait dans la braguette ouverte, comme une vulve de tissu, sous le regard indifférent des femmes, aux dents limées en triangle, accroupies sur le lit, de profil, dans l'absence qu'ont certains portraits de Picasso, avec des flottements de Guernica dédaigneux à la courbure des lèvres. Sur le même matelas, en général, dormaient aussi les enfants, les poules et un quelconque aïeul décrépit perdu dans ses cauchemars de momie ronflant les hiéroglyphes de ses rêves. Le lieutenant forniquait, la visière de son képi en arrière et le pistolet à la ceinture, son ordonnance dehors, le fusil armé, guettait les alentours. L'officier des opérations avait fait venir de Luso une machine à coudre et il cousait des ourlets de pantalons au petit matin à côté d'une splendide négresse aux seins énergiques pendants comme ceux de la Louve de Rome ; et le capitaine du jeu de dames, installé au volant, demandait à des filles impubères de le masturber, offrant, en compensation, des petits paquets de bonbons à la menthe : *le blanc est arrivé avec un fouet,* chantait à la guitare le milicien, *le blanc est arrivé avec un fouet et il a frappé le* soba *et le peuple, le blanc est arrivé avec un fouet et il a frappé le* soba *et le peuple.*

Si vous saviez ce que c'est que de se réveiller avec l'envie d'uriner au beau milieu de la nuit, une nuit sans lune, d'aller dehors pour pisser et que rien n'existe autour de vous, aucune lumière, aucune caserne, aucune silhouette, seul le bruit de votre pipi invisible et les étoiles congelées dans la moitié d'orange du ciel, trop éloignées, trop petites, trop inaccessibles, prêtes à disparaître car le jour surgit brusquement et devient immédiatement adulte, se réveiller au beau milieu de la nuit et sentir dans la quiétude et le silence, comprenez-vous ? le sommeil innombrable de l'Afrique, et nous, là, les jambes écartées, en chemise et caleçon, minuscules, vulnérables, ridicules, étranges, sans passé ni futur, en train de flotter dans un présent étroit et apeuré, en train de gratter les champignons sur les testicules. Vous, à ce moment-là, vous étiez déjà accoudée à ce bar avec la même cigarette à la main gauche, le même verre à la main droite et la même indifférence absolue dans le regard, inaltérablement immobile, un oiseau aux paupières maquillées posé sur la branche du tabouret et faisant cliqueter les bracelets indiens au rythme précis de vos gestes. J'aime vos gestes, comme ça, automatiques et lents comme ceux des figurines d'horloge poursuivant obstinément leur trajectoire ; on finissait d'uriner et la pisse bouillonnait sur la terre comme si la vessie était, vous savez, une bouilloire brûlante, je rentrais me coucher et je m'étendais sur le lit d'émail blanc de l'infirmerie jusqu'à ce que le premier clairon m'extraie en sursaut de mes vapeurs diffuses.

De temps en temps, des visites inattendues arrivaient dans ce trou perdu : des officiers de l'Etat-Major de Luanda, conservés dans le formol de l'air conditionné, des quinquagénaires sud-africaines qui embrassaient les malades dans une fureur de rut de ménopause, deux actrices de Revue en train d'agiter à contretemps leurs grosses jambes sur une scène faite de tables, accompagnées par un accordéon exténué ; elles ont dîné au mess des officiers à côté du commandant luisant d'orgueil dont la timidité s'embrouillait dans des sourires d'adolescent pris en faute, pendant que le lieutenant, celui de la bonniche, tournait autour d'elles, flairant leurs décolletés dans une extase muette. L'aumônier, contrit, baissait ses paupières vierges sur sa soupe-bréviaire.

« Quarante ans à accumuler du sperme, calculait le capitaine âgé, en le toisant de loin. Si ce mec jouit, il nous noie tous dans l'eau bénite de ses couilles. »

Les actrices ont fini par dormir au poste de la P.I.D.E., surveillées par des agents bilieux, dont les sourcils se fronçaient en d'indéchiffrables menaces. On disait que la femme de l'inspecteur, une espagnole maigre et à l'aspect de contorsionniste décadente, qui s'exprimait dans un langage de cirque, torturait elle-même les prisonniers, inventant des martyres sans subtilité : une Lucrèce Borgia des Portes de Santo Antão (1). Plus tard, à la Baixa do Cassanje, j'ai entendu parler de la pendaison d'un chef pour édifier le village et des noirs qui creusaient un trou dans la brousse, s'y mettaient et attendaient patiemment qu'on leur fasse éclater le crâne à coups de pistolet, et qu'on les recouvre ensuite de sable, linceul de terre sur le sang des cadavres.

« Quels salopards, salopards, salopards », répétait sidéré, le lieutenant.

Le blanc est venu avec un fouet, chante à la guitare le milicien, et il a frappé le *soba* et le peuple.

---

(1) Quartier commerçant et populaire du centre historique de Lisbonne.

F

Avez-vous déjà remarqué qu'à cette heure de la nuit et à ce niveau d'alcool, le corps commence à s'émanciper, à refuser d'allumer une cigarette, à tenir le verre dans une incertitude tâtonnante, à déambuler dans les vêtements oscillant comme de la gélatine ? Le charme des bars réside, n'est-ce pas ? dans le fait qu'à partir de deux heures du matin ce n'est pas l'âme qui se libère de son enveloppe terrestre et qui monte verticalement vers le ciel, comme l'envol mystique des rideaux blancs chez les morts de nos missels, mais c'est la chair qui se défait de l'esprit, un peu surprise, et qui commence une danse pâteuse de statue en cire qui fond, pour finir dans les larmes de remords de l'aurore, quand la première lumière oblique nous révèle, de son implacabilité radioscopique, le triste squelette de notre irrémédiable solitude. Si nous nous observons bien, nous pouvons d'ailleurs entrevoir déjà le profil de nos os, que les virgules des cernes et l'accent circonflexe de la bouche maquillent de sourires mélancoliques d'où pendent des restes fanés d'ironie, semblables au bras inerte d'un blessé. Le type de la table à côté, que son dixième Porto fait incliner de dix-sept degrés à bâbord dans une rigidité d'image de procession, de tour de Pise en veste de velours, au bord d'une chute catastrophique, est peut-être Amadeo Modigliani, cherchant au fond de son verre le visage assassiné d'une femme ; peut-être Fernando Pessoa, habite-t-il ce monsieur à lunettes auprès du miroir, dans l'eau-de-vie de poire duquel tourne le gouvernail ému de l'*Ode Maritime* (1), peut-être mon frère Scott Fitzgerald, que Blondin disait ressembler à un trois quarts de terrain irlandais, s'assoira-t-il à un moment donné à notre table pour nous expliquer la tendresse désespérée de la nuit et l'impossibilité d'aimer, parce que, vous savez ce que c'est : la vodka confond les temps et abolit les distances, en réalité, vous vous appelez Ava Gardner et vous consommez huit toreros et six caisses de *Logan's* par semaine et quant à moi, mon vrai nom est Malcolm Lowry, je suis aussi sombre que le tombeau où gît mon ami, j'écris des romans immortels, je recommande le « *le gusta este jardin que es suyo ? evite que sus hijos lo destruyan* » (2) et mon cadavre serait jeté à la dernière page comme celui d'un chien au fond d'un ravin. Nous sommes tous venus, aujourd'hui, occuper cet innocent quartier rose de Lapa, tiré d'un tableau de Carlos Botelho (3), depuis la marée basse de nos soûleries silencieuses dont la surface scintille, de temps en temps et *by appointement of Her Majesty the Queen*, du reflet du génie et sur nos têtes ointes tombent des langues de feu de Johnny Saint Esprit Walker : Utrillo, qui froissait des cartes postales illustrées pendant qu'il peignait ; Soutine, celui des enfants de chœur et des maisons torturées, Gomes Leal et sa naïve et tonitruante misère de vieil enfant, et nous deux qui observons, émerveillés, cette procession de clowns sublimes accompagnés d'une musique de cirque. Cela peut vous sembler bizarre, mais j'ai toujours vécu entouré de fantômes, dans une maison ancienne qui était une sorte de spectre d'elle-même, depuis le portail flanqué d'ananas en pierre jusqu'à la valise des os de l'Anatomie qui attendait, bien rangée, dans un suave parfum

---

(1) Poème d'Alvaro de Campos, hétéronyme de Fernando Pessoa.
(2) Ecriteau qu'on trouve dans les jardins publics en Espagne : « Aimez-vous ce jardin ? Il est à vous, évitez que vos enfants ne l'abîment. »
(3) Peintre portugais mort en 1982 qui dessinait des vues de Lisbonne assez charmantes.

d'encens et de gangrène, mon tour de l'étudier. Des chats de gouttière se cachaient dans les branches du figuier du jardin, tels des fruits furtifs, de leurs yeux coulait le lait vert d'une méfiance rapide, sur les vitres de la salamandre croissait la clarté opaline des vers de Cesário (1) et dans le salon le portrait d'Antero (2) d'une douloureuse beauté calcinée par le génie, opposait aux modestes moustaches des grands-pères l'océan en désordre de sa barbe blonde où des débris de tercets venaient naufrager. Mon père, maigre, anguleux comme un mormon, voguait à la dérive dans son fauteuil actionné par la cheminée de navire de sa pipe. L'ombre dessinée par un Soulages triste faisait gonfler des volumes géométriques sur les immeubles voisins. Et moi, je me masturbais dans ma chambre sous la photo en couleurs de l'équipe de Benfica, dans l'espoir de devenir un jour l'Aguas (3) de la littérature, Aguas qui, accroupi, au centre, défiait l'univers de son orgueil marmoréen de discobole triomphal.

Au fond du trou perdu, ce cul de Judas, caché par un uniforme de camouflage qui me donnait l'apparence équivoque d'un caméléon sans illusions, j'ajournais mon départ pour Stockolm à bord d'un bateau imprimé sur du papier, pour voyager en hélicoptère, des ballons de plasma entre les genoux, et aller recueillir dans la jungle les blessés des embuscades que les survivants stupéfaits brandissaient comme des corps de naufragés. L'infirmier fourrier à qui la vue du sang soulevait le cœur, restait à la porte de la salle d'opérations improvisée, plié comme un canif, vomissant sur un banc les haricots du déjeuner, et moi tendu de rage, j'imaginais la satisfaction des gens de ma famille si ils avaient pu observer — tous ensemble et en chapeau à larges bords comme dans la « Leçon

(1) Cesário Verde (1855-1886) poète de Lisbonne.
(2) Antero do Quental (1842-1874) poète portugais dont les sonnets sont parmi les grandes œuvres romantiques.
(3) Capitaine de l'équipe de football, très connu.

d'Anatomie » de Rembrandt — le médecin compétent et responsable qu'elle souhaitait que je sois, raccommodant au fil et à l'aiguille les défenseurs héroïques de l'Empire qui promenaient dans les sentiers de brousse l'incompréhension de leur étonnement : *C'est un peu dans chacun de ces hommes Mozart assassiné,* me disais-je à moi-même, furieux, débridant des tibias, roulant des garrots, réglant la bouteille d'oxygène, préparant les amputés, à partir pour Luso, dès le lever du jour, dans le petit avion de la F.A.P. (1), pendant que les brancardiers, dans le compartiment à côté, cherchaient les veines des donneurs et que le lieutenant inquiet suivait mes gestes avec une anxiété de plus en plus dense. Jamais les mots ne m'ont semblé aussi superflus qu'en ces temps de cendre, dépourvus du sens que j'avais l'habitude de leur donner, privés de poids, de timbre, de signification, de couleur, à mesure que je travaillais sur le moignon pelé d'un membre ou que j'introduisais, à nouveau, dans un ventre les intestins qui en débordaient ; jamais les protestations ne m'ont semblé aussi vaines, jamais les exils jacobins de Paris ne me sont apparus aussi stupides : si on me demande pourquoi je reste dans l'armée, je réponds que la révolution se fait de l'intérieur, expliquait le capitaine aux lunettes molles et aux doigts membraneux tenant une éternelle cigarette, ce capitaine qui a dégainé contre le type maigre de la P.I.D.E. qui venait de donner un coup de pied à une fille enceinte, et qui l'a expulsé de la compagnie indifférent aux aigres menaces de l'autre, ce capitaine, aux valises pleines de livres et de magazines étrangers qui me racontait ce que je ne savais pas, et que j'ai rejoint, quelques mois plus tard, derrière les barbelés de l'île de Ninda, près du fleuve, pour la traversée sans boussole d'une longue nuit.

Les tam-tams des révolutionnaires étaient des concerts de cœurs en panique, tachycardiques, empêchés par les ténèbres de galoper

(1) Force Aérienne Portugaise.

sans contrôle en direction de leur propre angoisse, comme mes jambes, par exemple, s'approchent en tremblant des vôtres sous le plateau complice de cette table. Les orbites des joueurs s'apparentaient à des œufs durs phosphorescents, sans pupille, illuminés par les feux de paille destinés à tendre la peau de chèvre du tambour, ou par les fesses qui se balançaient, suspendues dans le néant, à la manière des lanternes d'un train qui s'éloigne. Chaque paillotte, flanquée d'une même miniature destinée au dieu Zumbi, seigneur des aïeux ou des morts, acquérait les contours sans forme de l'inquiétude et de la terreur, où les cabiris (1) additionnaient leurs jappements de peur aux pleurs des enfants et au caquetage interrogateur des poules, oiseaux imparfaits réduits à leur destin embroché. L'obscurité se creusait en galeries, en couloirs, en marches que les sons pénétraient dans une recherche désespérée, effeuillant des ombres, déplaçant des visages, retournant les tiroirs vides du silence pour y chercher l'écho d'eux-mêmes, tout comme nous nous retrouvons parfois, atterrés et surpris dans des objets oubliés sur les étagères des armoires qui nous rappellent ce que nous avons été, avec une cruelle insistance. La sueur des corps, grasse et juteuse, possédait une texture différente des tristes gouttes frissonnantes qui descendaient le long de ma colonne vertébrale et, mélancoliquement, je me sentais l'héritier d'un pays vieux, maladroit et agonisant, d'une Europe couverte d'une furonculose de palais et de calculs rénaux de cathédrales malades, en train de me confronter à un peuple dont j'avais déjà entrevu l'inépuisable vitalité, quelques années plus tôt, dans la trompette solaire de Louis Armstrong qui expulsait la neurasthénie et l'aigreur par la joie musclée de son chant. A cette heure-là, dans ma ville châtrée par la police et la censure, les gens étaient coagulés de froid aux arrêts d'autobus, leurs bouches soufflaient la vapeur d'eau

(1) Chien africain.

des bulles de bande dessinée que le Gouvernement prohibait. Torse nu, mon père devait se raser devant le miroir de la salle de bains avec les gestes rapides et précis de l'habitude, dans l'utérus de ma femme un enfant prêt à naître donnait des coups de poing aveugles contre les barreaux de chair de sa prison, ma mère tendait son bras endormi pour attraper le plateau du petit déjeuner, dans le grand lit noir qui a toujours représenté pour moi le symbole du foyer. J'ai pensé que jamais je n'avais vraiment su leur montrer combien je les aimais, par timidité ou par pudeur, et la tendresse depuis tant d'années retenue me faisait monter à la bouche la saveur amère des remords et de la peine d'avoir frustré leurs modestes espoirs en transformant ma vie en une succession désordonnée de cabrioles désastreuses. Des plans grandiloquents où Freud, Goethe, et Saint François d'Assise convergeaient et s'assemblaient, ont commencé à germer dans ma tête repentie, à la manière des haricots dans l'ouate mouillée de nos expériences de Lycée, des miracles de poche pour Lavoisiers mongoloïdes : si je retournais chez moi, vertical, je me jurais à moi-même, avec la ferveur d'un pèlerin de Saint Jacques, que je m'acharnerais à construire, à partir de mon néant confus, la digne statue en bronze du mari et du fils idéaux taillée selon le modèle des dessins des images des morts du missel de ma grand-mère, des individus pleins de qualités et de vertus, pronés par Sainte Thérèse de Lisieux, et dont je ne connaissais que le sourire de résignation. J'irais jusqu'à m'inscrire, peut-être, chez les scouts afin de guider — sifflet, culottes courtes, et patiente autorité — un groupe d'adolescents boutonneux à travers le musée des Carrosses, ou alors je déambulerais dans les coins de rues à la recherche de vieillards à canne ayant des difficultés à traverser. Je me ferais frère tiers du Saint Sacrement, clarinettiste de fanfare, collectionneur de dentiers, dans l'intention d'expulser de l'insupportable calme des veillées mon éternel et délétère désir d'évasion. Je ferais taire pour toujours la petite voix intérieure qui s'entête à réclamer de moi des prouesses de Zorro. Et au bout d'une douloureuse maladie, supportée avec une résignation très chrétienne, et conforté par les sacrements de Notre Sainte Mère l'Eglise, je serais, à mon tour, admis, dans le panthéon du missel de ma grand-mère, à me joindre à la vaste galerie d'emmerdeurs charitables, je serais montré comme exemple à des petits enfants indifférents qui considéreraient avec ennui la morne absurdité de mon existence.

G

Ninda. Les eucalyptus de Ninda, pendant les beaucoup trop longues nuits de l'Est, fourmillantes d'insectes, les feuilles sèches des cîmes qui font un bruit de mâchoires sans salive, aussi dépourvues de salive que nos bouches tendues dans l'obscurité : l'attaque a commencé du côté de la piste d'aviation, à l'extrémité opposée au village noir, des lumières mobiles s'allumaient et s'éteignaient dans la plaine, signaux de morse. La lune, énorme, éclairait de biais les préfabriqués du casernement, les postes de sentinelle protégés par les sacs et des troncs d'arbres, le rectangle en zinc de la soute à munitions. A la porte du poste de secours, mal réveillé et nu, j'ai vu les soldats courir, l'arme au poing, en direction des barbelés, et ensuite les voix, les cris, les jets rouges qui sortaient des fusils qui tiraient, tout cela, la tension, le manque de nourriture décente, le logement précaire, l'eau que les filtres transformaient en une indigeste soupe de carton mâché, la gigantesque et incroyable absurdité de la guerre, me donnait la même sensation d'atmosphère irréelle, flottante et insolite, que j'ai trouvée plus tard dans les hôpitaux psychiatriques, îles de misère désespérantes, dont Lisbonne se défendait en les encerclant de murs et de grilles, tout comme les tissus se prémunissent contre les corps étrangers en les enveloppant de capsules de fibrose. Internés dans des infirmeries qui s'écroulaient, vêtus de l'uniforme des malades, nous promenions sur la piste de sable autour de la caserne nos rêves incommunicables, notre angoisse sans forme, nos passés vus par le petit bout de la lorgnette que sont les lettres et les photos gardées au fond des valises, sous le lit : vestiges préhistoriques, à partir desquels nous pouvions concevoir, tel un biologiste examinant une phalange, le monstrueux squelette de notre amertume.

Il me semblait que lorsque la radio avertirait que nous pouvions rentrer chez nous, un pénible réapprentissage de la vie nous serait nécessaire, à la manière des hémiplégiques qui exercent leurs membres, nouilles difficiles à tenir, dans des appareils et des piscines, et que, comme eux, peut-être serions-nous à jamais incapables de remarcher, réduits aux chaises roulantes d'une résignation paralytique, observant la simplicité du quotidien comme Chaplin dans les « Temps Modernes » observait les épouvantables machines qui le torturaient implacablement : une fois passé le concierge, la fausse indulgence des médecins, édifiée en carton peint par une bonne volonté postiche, on trouve, peu à peu, en descendant la rue, la matinée géométrique de la ville que les « azulejos » dépècent en losanges décolorés, on pénètre dans un bistrot fantasmagorique pour un premier café-crème libre, on regarde les retraités jouer aux dominos dans l'éternelle attitude des joueurs de cartes de Cézanne, et on sent que l'on a cessé, irrémédiablement, d'appartenir à ce monde-là, net et direct, où les choses ont la consistance des choses, sans subterfuges, ni sous-entendus, et où les journées peuvent encore nous offrir, vous savez ce que c'est, malgré les angines, les créanciers et les traites de la voiture, la surprise de gagner le gros lot d'un sourire que l'on n'a pas demandé. Vous, par exemple, vous qui offrez l'aspect aseptisé, compétent et sans pellicules des secrétaires de direction, seriez-vous capable de respirer dans un tableau de Bosch, suffoquant sous les démons, les lézards, les gnomes nés de coquilles d'œuf, les orbites gélatineuses et apeurées ? Pendant que j'étais couché dans un trou en attendant la fin de l'attaque, en train de regarder les silhouettes raides coiffées d'un haut-de-forme des eucalyptus, semblables à des témoins funèbres de duel, un inutile G3 dans la transpiration des mains et une cigarette plantée dans la bouche comme un cure-dent dans une croquette, je me suis trouvé tel un personnage de Beckett dans l'attente d'une grenade de mortier venue d'un Godot rédempteur. Les romans à écrire s'accumulaient dans le grenier de ma tête, à la façon d'appareils démodés réduits à un tas de pièces disparates que je n'arriverais pas à réunir, les femmes avec lesquelles je n'arriverais pas à coucher offriraient à d'autres leurs cuisses écartées de grenouilles du cours de Sciences Naturelles, où je ne serais pas pour les écarteler avec le canif avide de ma langue, l'enfant à naître ne serait plus que la cristallisation improbable d'un lointain après-midi à Tomar, dans une chambre du mess des officiers, la fenêtre grande ouverte sur la place, le soleil pris dans les acacias, et nous en train de célébrer au lit la liturgie ardente d'un désir trop tôt disparu. Tomar : des matelas qui grincent comme des semelles, des enlacements rapides le pénis dressé, humide de soif, grossi de veines, en fleur rouge, la main qui le frictionnait contre les seins, la bouche qui le buvait, les talons qui me labouraient les fesses, le silence exténué des marionnettes inhabitées de doigts, après. Aujourd'hui, quand je la rencontre, c'est comme si j'observais le rectangle pâle que les cadres impriment aux murs, sans qu'on parvienne à se souvenir du dessin sur la toile et je tente, en vain derrière les traits vieillis et sérieux qui s'essayent à composer une expression de camaraderie qui n'a jamais été la sienne, de discerner le visage jeune et gai que j'ai aimé, fermé sur son propre plaisir comme une corolle nocturne. Et cependant, vous savez, c'est ainsi qu'elle demeure en moi, malgré l'usure des ans et l'aigreur des réconciliations ratées, les blessures des mensonges mutuels et le désenchantement de l'éloignement définitif : la jeune fille brune et mince, aux grands yeux graves, que j'ai connue à la plage en train d'observer les vagues avec la majesté distante des carnivores indifférents qui semblent s'absenter soudain dans des méditations douloureuses et immobiles, en nous repoussant vers le coin d'ombre des inutilités oubliées. Vous rappelez-vous la voix de Paul Simon ?

> *The problem is all inside your head*
> *She said to me*
> *The answer is easy if you*
> *Take it logically*
> *I'd like to help you in your struggle*
> *To be free*
> *There must be fifty ways*
> *To leave your lover*
>
> *She said it's really not my habit*
> *To intrude*
> *Furthermore, I hope my meaning*
> *Won't be lost or misconstrued*
> *But I'll repeat myself*
> *At the risk of being crude*
> *There must be fifty ways*
> *To leave your lover*
> *Fifty ways to leave your lover*
>
> *You just slip out the back, Jack*
> *Make a new plan, Stan*
> *You don't need to be coy, Roy*
> *Just get yourself free*
> *Hop on the bus, Gus*
> *You don't need to discuss much*
> *Just drop off the key, Lee*
> *And get yourself free*

She said it grieves me so
To see you in such pain
I wish there is something I could do
To make you smile again
I said I appreciate that
And you please explain
About the fifty ways

She said why don't we both
Just sleep on it tonight
And I believe in the morning
You'll begin to see the light
And then she kissed me
And I realized she probably was right
There must be fifty ways
To leave your lover
Fifty ways to leave your lover

You just slip out the back, Jack
Make a new plan, Stan.
You don't need to be coy, Roy
Just get yourself free
Hop on the bus, Gus
You don't need to discus much
Just drop off the key, Lee
And get yourself free

Ninda : le maïs adossé aux barbelés passait toute la nuit à feuilleter ses pages desséchées, le sorcier suçait le cou des poules décapitées avec une voracité brutale. Le capitaine et moi nous jouions aux échecs sur la table de la salle-à-manger, entre les miettes et les épluchures, avançant un pion interrogateur et réticent, pareil au doigt qui tâte, craintif, un bouton infecté, ou alors nous causions dehors assis sur des chaises courbes faites de planches de tonneaux, jaugeant approximativement la position de l'autre dans l'obscurité par le retour de l'écho de nos propres voix, telles des chauve-souris agitées qui se cherchent : parmi les médecins et les poètes de mon musée Grévin intérieur où Vesale et Bocage (1) discutent des détails anatomiques, picaresques et clandestins sous le chaste regard réprobateur du Général Ferandes Costa, celui des sonnets de l'Almanach de la Bertrand (2) à qui j'ai volé sans vergogne, dans mon enfance, des vers, où scintillaient l'éclat de verre de métaphores de pacotille qui m'enchantaient, un flux impétueux d'illuminés barbus a pénétré à l'improviste entonnant alternativement l'*Internationale* et la *Marseillaise,* remplaçant autoritairement le docteur Julio Dantas (3) et le docteur Augusto de Castro (4) et quelques autres dizaines d'individus chitineux qui, dans des fauteuils Empire, chuchotaient des drames historiques brodés au point-de-croix de dialogues à la noix. Au passage, le capitaine m'a présenté un Marx qui m'a toisé de loin en grommelant dans le secret des cols durs des économies inintelligibles, Lénine qui conspirait, coiffé d'une perruque, au centre d'un groupe de redingotes ardentes, Rosa Luxembourg qui boitait tout émue dans les rues de Berlin, Jaurès assassiné à coups de pistolet dans un restaurant, la serviette autour du cou, comme les gangsters de Chicago tournoient morts sur une chaise de coiffeur dans un éclatement de miroirs et de flacons, et moi, je me suis imaginé en train d'entrer à la maison avec eux pour assister à la fuite

(1) Poète portugais du XVIIIe siècle, prérévolutionnaire.
(2) Almanach populaire édité par les éditions Bertrand.
(3) Ecrivain de théâtre, auteur de drames bourgeois.
(4) Ecrivain et directeur du journal « Diario de Noticias » ami personnel de Salazar.

épouvantée des parents en direction de la zone d'influence de leurs Icônes Corporatistes, tendant vers les vampires socialistes, qui brandissaient la menace terrible de la nationalisation de leurs porcelaines de famille, les chapelets d'ail exorciseurs des images pieuses. Le peloton qui sortait la nuit pour protéger la caserne, tapi dans les taillis ras jaunis qui poussaient dans le sable, anémiquement tordus, s'approchait dans le noir, passait sous la lampe couverte d'un abat-jour d'insectes, se dispersait sans bruit parmi les baraques des casernements, dans lesquels la profondeur du sommeil se mesurait à l'intensité de l'odeur des corps entassés au hasard comme dans les fossés d'Auschwitz, et moi, je demandais au capitaine Qu'a-t-on fait de mon peuple, Qu'a-t-on fait de nous, assis là, en attente, dans ce paysage sans mer, prisonniers de trois rangs de barbelés, dans un pays qui ne nous appartient pas, mourant de paludisme et de balles dont le parcours sifflant s'apparente à un nerf de nylon qui vibre, nourris par des colonnes aléatoires dont l'arrivée dépend de constants accidents de parcours, d'embuscades et de mines, luttant contre un ennemi invisible, contre les jours qui ne se succèdent pas et qui s'allongent indéfiniment, contre le mal du pays, contre l'indignation et le remords, contre l'épaisseur des ténèbres aussi opaques qu'un voile de deuil et que je tire par-dessus ma tête pour dormir, comme lorsque j'étais petit je le faisais avec l'ourlet du drap pour me défendre des pupilles de phosphore bleu de mes fantasmes.

Dites-moi : comment dormez-vous ? Sur le ventre, en suçant votre pouce dans un abandon où des restes encore hésitants de la fragilité enfantine se prolongent, ou un loup noir sur les yeux et des bouchons en caoutchouc dans les oreilles à la façon des artistes décadentes du cinéma américain ou des femmes fatales désespérées de solitude et de champagne, de cauchemars peuplés de divorces, de chirurgie esthétique et de glapissements de fox-terriers, qui ressemblent à la caricature d'Audrey Hepburn ? Je crois que vous devez lire des poètes ésotériques avant d'éteindre la lumière, de ces individus à la moustache complexe qui viennent ici, quelquefois, cacher leur médiocrité intransigeante derrière un gin-fizz, admirés par des jeunes filles à la poitrine plate, et qui fument des Gauloises fripées avec la même avidité échevelée qu'ont les vieilles des asiles quand elles dévorent la tranche de gâteau du dimanche. Vous devez avoir une gravure de Vieira da Silva au mur de votre chambre et sur la table de nuit la photo d'un cinéaste sans talent avec qui vous entretenez une liaison désabusée, vous devez vous réveiller le matin dans une torpeur de chrysalide titubant éternellement entre la larve et le papillon, puis tâtonner jusqu'à la cuisine dans l'espoir insensé que le premier Nescafé, bu en vitesse entre des casseroles sales, vous garantira qu'il existe, effectivement, le gérant efficace et en costume trois pièces d'une quelconque multinationale de savonettes, le *research executive* savamment tendre, la tempe grisonnante et la cravate bon chic bon genre que votre horoscope vous promet. De mon côté, vous savez, je ne demande pas tant à la vie : mes filles grandissent dans une maison dont je me souviens de moins en moins, où les meubles sont engloutis par les eaux d'ombre du passé, les femmes que j'ai ensuite rencontrées, je les ai abandonnées, ou elles m'ont abandonné dans une déception mutuelle tranquille où il n'y a même pas eu ce type de ressentiment qui est comme le signe rétrospectif d'une espèce d'amour, et je vieillis sans charme dans un appartement trop grand pour moi, d'où j'observe, la nuit, assis à mon bureau vide, les palpitations du Tage derrière le balcon fermé dont la vitre me renvoie le reflet d'un homme immobile, le menton entre les mains, dans lequel je me refuse à me reconnaître et qui s'entête à me fixer avec une obstination résignée. La guerre a peut-être aidé à faire de moi ce que je suis devenu et qu'intimement je récuse : un vieux garçon mélancolique, à qui on ne téléphone pas et dont personne n'attend le coup de téléphone, un type qui tousse de temps en temps pour s'imaginer qu'il a de la compagnie, et que la femme de ménage finira par trouver un jour, assis dans le rocking-chair, en tricot de peau, la bouche ouverte, râclant de ses doigts violacés le poil couleur de novembre de la moquette.

H

Ecoutez. Regardez-moi et écoutez, j'ai tellement besoin que vous m'écoutiez, que vous m'écoutiez avec la même attention anxieuse avec laquelle nous écoutions les appels de radio de la colonne militaire sous le feu, la voix du caporal des transmissions qui appelait, qui demandait, voix éperdue de naufragé qui oublie la sécurité du code, le capitaine qui montait en vitesse dans la Mercedes avec une demi-douzaine de volontaires et qui en sortant des barbelés dérapait sur le sable à la rencontre de l'embuscade, écoutez-moi, tout comme moi je me suis penché sur l'haleine de notre premier mort dans l'espoir désespéré qu'il respirât encore, le mort que j'ai enroulé dans une couverture et placé dans ma chambre, c'était après le déjeuner et une étrange torpeur faisait flancher mes jambes, j'ai fermé la porte et déclaré Fais une bonne sieste, dehors les soldats me regardaient sans rien dire. Cette fois-ci il n'y a pas de miracle, mes chouchoux, ai-je pensé en les regardant. Il fait sa sieste, leur ai-je expliqué, il fait la sieste et je ne veux pas qu'on le réveille car il ne veut pas se réveiller, et ensuite je suis allé soigner les blessés qui se tordaient sur des bâches, jamais les eucalyptus de Ninda ne m'ont paru aussi grands que cet après-midi-là, grands, noirs, hauts, verticaux, effrayants, l'infirmier qui m'aidait répétait Putain, Putain, Putain avec l'accent du Nord, nous sommes venus de tous les points de notre pays, bâillonnés pour mourir à Ninda, de notre triste pays de pierre et de mer, pour mourir à Ninda, Putain, Putain, Putain, répétai-je à mon tour, avec l'accent bien élevé de Lisbonne, le capitaine est sorti de la Mercedes dans un état de fatigue infinie, il tenait son arme comme une canne à pêche inutile, les gens du village noir guettaient apeurés d'en bas, écoutez-moi comme j'écoutais mon sang affolé battre sur mes tempes, mon sang intact à mes tempes, par les trous de la véranda je voyais le capitaine se promener de long en large tenant contre sa poitrine le viatique d'un verre de whisky parlant tout seul, chacun parlait tout seul car personne ne réussissait à parler à personne, mon sang dans le verre du capitaine, prenez et buvez, ô Union Nationale, le corps du mort grandissait dans ma chambre jusqu'à faire éclater les murs, se déverser sur le sable, atteindre la forêt à la recherche de l'écho du coup qui l'avait touché, l'hélicoptère l'a transporté à Gago Coutinho, comme on balaye une ordure honteuse sous un tapis, on meurt plus sur les routes du Portugal qu'à la guerre en Afrique, des pertes insignifiantes et au revoir, on verra au retour, le fourrier a rangé les instruments chirurgicaux dans la boîte chromée, les bistouris, les pinces, les porte-aiguilles, les sondes, il s'est assis à côté de moi sur les marches du poste de secours, sorte de villa toute petite pour vacances de retraités mélancoliques, de majordomes âgés, de gouvernantes vierges; les eucalyptus de Ninda ne cessaient d'augmenter, nous sommes tous deux assis ici, comme nous l'étions, lui et moi, en ce temps-là, en avril 71, à dix mille kilomètres de ma ville, de ma femme enceinte, de mes frères aux yeux bleus dont les lettres affectueuses s'enroulaient autour de mes tripes en spirales de tendresse. Qu'ils aillent se faire foutre, a dit le fourrier qui essuyait ses bottes avec les doigts. Eh oui, ai-je dit, et je crois que jusqu'à aujourd'hui je n'ai jamais eu un dialogue aussi long avec qui que ce soit. Ecoutez : avant cela, il y avait eu la jambe de Ferreira, ou plutôt, l'absence de la jambe de Ferreira qu'une anti-personnel a transformé en un *saci* (1) à l'agonie, les cuisses en lambeaux du caporal Mazunguidi, dont j'ai retiré jusqu'à des œillets de lacets, le pansement de fraîcheur du matin sur mon front perplexe lorsque je suis arrivé sous le préau du poste de secours avec ma chemise tachée de sang et que j'ai reçu comme une insulte la clarté indifférente du jour. Si la révolution était terminée, vous comprenez, et dans un sens elle est effectivement terminée, c'est parce que les morts en Afrique, la bouche pleine de terre, ne peuvent pas protester, et d'heure en heure la droite les tue à nouveau, et nous, les survivants, nous demeurons si incertains d'être en vie que nous craignons, devant l'impossibilité d'un quelconque mouvement, de nous apercevoir qu'il n'y a pas de chair dans nos gestes, ni de son dans les paroles que nous prononçons, de nous apercevoir que nous sommes aussi morts qu'eux, installés dans les urnes de plomb que l'aumônier bénissait et dont s'échappait, malgré la soudure, une épaisse odeur de fumier; l'urne du caporal Pereira, l'urne de Carpinteiro; l'urne de Macaco qu'une mine a assassiné à cinquante mètres de moi, le sac de sable lui a écrasé les côtes contre le volant dans la voiture tombée sur le côté, j'ai voulu faire un massage cardiaque et la poitrine était molle et sans os et craquait, mes paumes pétrissaient une pâte confuse; il a suffi d'un fracas pour faire de Macaco une marionnette de son et de tissus, le capitaine a disparu dans la maisonnette du mess et en est ressorti avec un peu plus de whisky dans son verre, la plaine se décolorait annonçant la nuit, l'infirmier ne cessait de répéter : Putain, Putain, Putain, et il est venu s'accroupir à côté de nous, nous disions tous Putain, la bouche fermée, le capitaine chuchotait Putain à son verre de whisky, l'officier de jour s'est placé au garde à vous devant le drapeau et ses doigts, qui ajustaient son béret, criaient Putain, les chiens errants qui se frottaient à nos chevilles

(1) Divinité noire unijambiste.

gémissaient Putain dans leur regard mouillé et implorant, des yeux de chien aussi suppliants que ceux de ces gens, ici, humides de résignation et d'attendrissement stupide, des yeux flottant à la dérive au-dessus des cognacs, des yeux qui accusent leurs propres visages défunts, déserts et sans nuages comme ceux des tableaux de Magritte, des dizaines de mannequins de cire ont occupé ce bar, balançant leurs longues figures comme celles des chevaux de faïence, des femmes et des hommes dans la désillusion défensive et maligne de qui je me refuse à reconnaître comme l'image fragmentaire de ma propre déroute, parce que je persiste à appartenir au groupe des buissons ardents où la mélancolie se consume passionnément lentement en flammèches blessées, et après, vous savez ce que c'est, la nuit est arrivée à l'improviste à la manière d'un rideau de théâtre couvrant des plis de l'absence les acteurs éreintés, le moteur de la lumière a commencé à tourner avec un bruit de moteur de taxi, l'ampoule du mess pâlissait et rougissait, pâlissait et rougissait, je me suis assis en face du capitaine, à la table que Bichezas avait mise aussi vite qu'en un tour de prestidigitation, les sous-lieutenants mangeaient en silence, le menton dans l'assiette, pareils à des élèves pris en faute, chacun mâchait tout seul, séparé des autres par les kilomètres d'une distance infranchissable, nous formions à chaque dîner, l'anti-Dernière Cène, le désir commun de ne pas mourir constituait, vous comprenez, l'unique fraternité possible, je ne veux pas mourir, tu ne veux pas mourir, il ne veut pas mourir, nous ne voulons pas mourir, vous ne voulez pas mourir, ils ne veulent pas mourir ; le sergent-chef, maigre, grisonnant, révérencieux, interrogateur, s'est profilé à la porte dans un garde-à-vous interminable gardant dans sa main libre une liasse de papiers à signer jusqu'à ce que le capitaine le remarque, lève la tête, profère Merde, et que le gars s'éclipse épouvanté avec son précieux porte-documents sous le bras le capitaine a posé ses couverts en croix et a dit De plus en plus, tout ça me paraît d'une formidable absurdité et j'ai pensé La cérémonie est finie, nous voilà à l'*Ita missa est* du prêtre, *Deo Gratias,* et donne-moi ta bénédiction car moi je fous le camp tout de suite, je sors des barbelés et je continue dans la brousse, un bout de manioc dans la poche comme les guerrilleros, un bout de manioc sentant le cercueil de Carpinteiro qui pourrit, blanc, dans ma poche, je me suis levé pour aller voir la lune-pierre-ponce sur la plaine et soudain m'est venu à l'esprit le sourire de Gagarine à son retour. Quel sourire ferai-je en retournant chez moi ? ai-je demandé à haute voix, les sous-lieutenants se sont retournés vers moi étonnés et le capitaine a tendu sa main vers la bouteille de whisky comme le matin, gras de sommeil, on tâte la table de nuit pour y chercher le jaillissement horrible du réveil-matin et faire taire sa sonnette douloureusement stridente qui nous perce les oreilles avec l'impérieuse lame d'un cri de métal.

Ecoutez-moi : en 61, je fuyais devant la police au Stade Universitaire, des flots d'étudiants en débandade couraient en direction du restaurant universitaire, mon frère Jean est arrivé à la maison très grave et a dit Il paraît qu'on a tué un type ; la police de choc avançait, casquée, dans une furie de matraques et de crosses, des automobiles de la P.I.D.E. tournaient comme un manège entre les Facultés, Salazar pointait le doigt, unique chose, c'est sûr, que jamais il aura su pointer, à la télévision, des ventres chauves l'applaudissaient avec la ferveur de bigotes de sacristie, malheureusement le Général Delgado (1) était trop vieux pour jouer à Nuno Alvares et le Maître d'Aviz n'était plus qu'un petit cône de poussière à Batalha (2), c'est la guerre ou Paris, choisis mainte-

(1) Candidat à la présidence de la république en 1958 contre le régime salazariste, plus tard trouvé assassiné en Espagne.
(2) Grand Monastère qui commémore la victoire de 1385 qui assura l'indépendance définitive du Portugal contre l'Espagne et où sont enterrés les rois de la seconde dynastie du Portugal dont le premier roi est le Maître d'Aviz et Nuno Alvares son connétable.

nant, car le Châtré est éternel, la deuxième partie du secret de Fatima c'est la garantie de l'éternité du Châtré (1), pendant le voyage l'orchestre du navire jouait des tangos moisis pour noces d'argent, j'ai embarqué le 6 janvier et la nuit de la Saint-Sylvestre je m'étais enfermé dans la salle de bains pour pleurer, une galette des rois impossible à avaler me bouchait la gorge, je l'ai poussée avec du champagne et elle est tombée dans mon ventre avec le bruit des pierres dans le puits du jardin de mon grand-père, plof! provoquant des cercles concentriques dans le lac du bouillon de poule du dîner, le puits sous les arbres au pied du mur qui donne sur la route où on allait fumer en cachette, le fermier a ôté son chapeau et a expliqué respectueusement, en se grattant la tête Ce dont nous avons besoin c'est de quelqu'un pour s'occuper de nous, vous ne trouvez pas ? Et si quelqu'un vient s'occuper de nous qu'est-ce que vous croyez que ce quelqu'un ferait d'abord, m'emmener chez vous, vous emmenez chez moi, nous laver les dents, nous coucher sur le lit et nous parler à voix basse jusqu'à ce que nous nous endormions, nous parler de sérénité et de joie jusqu'à ce que nous nous endormions, nous parler du 1er mai 1974 que les politiciens souillaient déjà de la croûte sans pâté de leurs discours véhéments, mais dans les rues grandissait une irrésistible fermentation d'espoir, à Madère les ministres de Caetano chiaient de peur dans leurs culottes, les types de la P.I.D.E. chiaient de peur à Caxias (2), une fête de flammes rouges se déversaient triomphalement sur Lisbonne, *quiero que me perdones los muertos de mi felicidad, los muertos de mi felicidad* dans le crachin d'Angola, six mois de crachin brumeux et de broussaille jaune brûlant au loin, pardonnez-moi les morts de mon bonheur quand je vous tiens la main,

---

(1) Salazar, que beaucoup pensaient être vierge.
(2) Fort à l'ouest de Lisbonne qui fut une prison politique tristement célèbre du temps de Salazar et où ont été enfermés les agents de la P.I.D.E. pris après le 25 avril 1974.

quand mes genoux enserrent les vôtres, quand ma bouche va toucher la vôtre et que nos yeux se ferment lentement comme des corolles nocturnes, tous mes jours passés se trouvent présents dans ce baiser, les momies du bar vont peut-être se défaire en poussière comme les vampires à l'approche du jour, dans un concert de gonds qui se brisent, tous mes jours passés, entendez-vous ? Ce dont nous avons besoin, mon petit monsieur, garantissait le fermier, c'est de quelqu'un qui s'occupe de nous. Qu'ils aillent se faire foutre, a dit le fourrier, le menton dans les genoux, essuyant ses bottes du doigt, le corps du premier défunt enflait sous la couverture, en réalité tout le quai n'est qu'un regret de pierre, Maria José, et c'est là que nous avons commencé à nous perdre, trois bouteilles de whisky par mois à chaque officier pour allumer la petite lampe votive du cœur mécanique qui s'obstine, et le sergent s'est mis pour la dix-neuvième fois au garde-à-vous dans la dernière demi-heure, Bonne nuit, docteur, et il a disparu dans le noir vers la confusion de ses imprimés ; installés sur la chaise en planches de tonneau je me suis rappelé le soldat qui faisait sa sieste dans le tiroir de plomb et le mitrailleur qui disait Salauds de merde à tous les salauds de merde qui nous ont envoyé ici, professeurs bien coiffés, bêtes et précieux, Salauds de merde, salauds de merde, salauds de merde, le directeur de l'Hôpital Militaire de Tomar m'a fait appeler et m'a annoncé Mon ami, vous avez été mobilisé pour l'Angola, c'était en août et la clarté du matin brûlait, verte, à toutes les fenêtres, la ville flottait dans la lumière, le reflet de la rivière tremblait sur l'eau, mobilisé pour l'Angola dans un bataillon d'Artillerie, Père, j'ai été mobilisé pour l'Angola dans un bataillon d'Artillerie avec la toute petite voix que j'avais pour annoncer mes examens ratés à la Faculté, le capitaine est venu s'asseoir sur l'autre chaise en tonneau et les glaçons tintaient comme des pièces de monnaie dans une poche, dans l'obscurité. Le garçon est arrivé déjà mort, lui ai-je dit, et aucun truc de prestidigitation médicale ne l'a sauvé, cela m'a fait une sacrée impression quand j'ai vu ses cheveux blonds, on aurait dit moi à vingt ans ; les mecs se sont embusqués à deux mètres du sentier, a dit le capitaine, il y avait du sang à eux sur les arbustes, des marques de corps blessés qu'ils ont traînés, la lune-pierre-ponce a échoué dans les eucalyptus, prise dans leurs branches, le capitaine s'est levé, son visage faisait penser à celui d'Edward G. Robinson dans un film de Fritz Lang, il a commencé à s'éloigner, avec une démarche de crapaud, vers l'entrepôt du vaguemestre, j'ai demandé Où allez-vous ? La silhouette m'a répondu, tout en continuant sa marche, Suspendre mes couilles dans le dépôt, docteur, si vous voulez, donnez-moi aussi les vôtres, nous n'en avons plus besoin pour rester ici.

I

Pourquoi diable ne parle-t-on pas de cela ? J'en arrive à penser que le million et demi d'hommes qui sont passés par l'Afrique n'ont jamais existé et que je suis en train de vous raconter une espèce de roman de mauvais goût, impossible à croire, une histoire inventée pour vous émouvoir afin d'obtenir plus vite (un tiers de baratin, un tiers d'alcool, un tiers de tendresse, vous savez ce que c'est) que vous veniez avec moi voir naître le jour dans la clarté bleu pâle qui crève les persiennes et monte des draps, révèle la courbure endormie d'une fesse, un profil à plat ventre, sur le matelas, nos corps confondus dans une torpeur sans mystère. Il y a combien de temps que je n'arrive pas à dormir ? J'entre dans la nuit comme un vagabond furtif dans un compartiment de première classe avec un billet de seconde, passager clandestin de mes découragements, recroquevillé dans cette inertie qui me rapproche des morts et que la vodka anime d'une fausse et capricieuse frénésie, et les trois heures du matin me voient arriver dans les bars encore ouverts, naviguant dans les eaux stagnantes de ceux qui n'attendent la surprise d'aucun miracle, essayant difficilement de faire tenir en équilibre au bord de ma bouche le poids feint d'un sourire.

Il y a combien de temps, en effet, que je n'arrive pas à dormir ? Si je ferme les yeux une bruyante constellation de pigeons s'envole des toits de mes paupières baissées, rouges de conjonctivite et de fatigue, et l'agitation de leurs ailes se prolonge dans mes bras en tremblements hépatiques, capables à peine du trébuchement maladroit des poules, mes jambes s'enroulent dans le dessus-de-lit, humides de fièvre, dans la tête une pluie d'octobre tombe lentement sur les tristes géraniums du passé. Chaque matin, devant ma glace, je me trouve vieilli : le savon à barbe me transforme en Père Noël en pyjama dont les cheveux en bataille cachent pudiquement les rides perplexes du front, et lorsque je me lave les dents, j'ai l'impression de brosser des mandibules de muséum, aux canines mal ajustées aux gencives poussiéreuses. Mais parfois, certains samedis que le soleil oblique ragaillardit de je ne sais quelles promesses, je soupçonne encore dans mon sourire un reflet d'enfance et j'imagine en me savonnant les aisselles, que des ailes y pousseront entre les poils et que je sortirai par la fenêtre, dans une légèreté facile de bateau, en direction de l'Inde du café.

Comme cet après-midi du 22 juin 71, à Chiume, quand on m'a appelé par radio pour m'annoncer, depuis Gago Coutinho, lettre à lettre, la naissance de ma fille, Fox, India, Lima, Lima, Echo, des murs tapissés de photographies de femmes nues pour la masturbation de la sieste, des seins énormes qui se sont mis subitement à avancer et à reculer, je me suis fortement tenu au dos de la chaise du caporal des transmissions et j'ai pensé Je vais avoir une merde quelconque et je suis foutu.

Chiume était le dernier des trous pourris de l'Est, le plus éloigné du Q.G. du bataillon le plus isolé et le plus misérable : les soldats dormaient sous des tentes coniques à même le sable, partageant avec les rats la pénombre nauséabonde que la toile secrétait comme un fruit pourri, les sergents s'empilaient dans une maison en ruine, ancien magasin de commerce du temps où, avant la guerre, les chasseurs de crocodiles allant vers le fleuve passaient par là, et moi, je partageais avec le capitaine une chambre du bâtiment de commandement de poste, dont le toit plein de trous laissait passer les chauves-souris qui tournoyaient au-dessus de nos lits en spirales vacillantes, tels des parapluies déchirés. Soixante personnes enfermées dans le village noir se nourrissaient dans des boîtes en fer rouillées des restes des repas de la caserne, des femmes accroupies tournaient vers les soldats le sourire vide des effigies de faïence, auquel la bouche sans incisives donnait une profondeur inattendue, et le *soba,* un septuagénaire en haillons qui régnait sur un peuple que la faim rendait concave, me faisait penser à une vieille amie noble de ma mère qui vivait avec ses chiens et ses filles dans un appartement déserté par les meubles, avec des traces rectangulaires des tableaux sur les murs vides, et le manque de terrines signalé par une absence de poussière sur les étagères des placards. Un essaim de créanciers impatients : le boulanger, le laitier, l'épicier, le boucher, etc., s'agitait autour d'elle en brandissant, d'un air menaçant, des factures impayées, les bonnes exigeaient en criant leurs gages en retard, d'anciens lutteurs de foire, en bleu de travail, brisés par l'érosion marine de l'eau-de-vie, poussaient dans l'escalier, en direction du mont-de-piété, le piano à queue qui lançait de temps à autre l'aboiement de protestation d'un la désaccordé. Et, majestueusement absente aux créanciers, aux bonnes, au lamentable départ du piano, aux chiens qui pissaient sur le tapis dans un sans-gêne médiéval, l'amie, installée sur un canapé dont les ressorts traversaient le velours comme les clavicules des vieux mulets traversent le cuir usé de leurs épaules, gardait le maintien superbe des princesses exilées, pour qui les pendules tournent à contresens, marquant des heures qui furent, jadis.

Comme elle, le *soba* habitait dans un passé plein de femmes et de labours, époque où ses gens, de Ninda à Quando, plantaient dans la brousse le manioc que les Dakotas de maintenant brûlaient en essayant de freiner l'avance des guérilleros qui depuis la Zambie marchaient vers le plateau de Huambo, ayant pour objectif d'encercler, peu à peu, les villes du Sud : assis sur le fauteuil, précaire, que j'avais apporté de l'infirmerie pour le lui offrir, et dont l'émail blanc scintillait comme les diamants d'un trône sous l'ultime soleil, le *soba,* négligeant les vautours qui convoitaient ses poussins en décrivant des ellipses gloutonnes, promenait au hasard sur la plaine un regard de Sainte Hélène, que le souvenir des gloires somptueuses pétrifiait. La guerre l'avait réduit à l'emploi insolite de couturière de la caserne, de même que des comtes russes conduisent des taxis dans les romans d'Ohnet, et l'après-midi, il installait devant sa hutte une machine à coudre très ancienne qui ressemblait à un de ces bateaux à aubes qui voguent sur le Mississipi, et il recousait les pantalons déchirés de l'armée à grands gestes théâtraux de prestidigitateur peu convaincu de l'efficacité de ses dons, tout comme moi, je pense que ma main qui caresse avec insistance la vôtre ne réussira pas à obtenir plus qu'une brève nuit sans tendresse.

Le travail des autres, qui me met dans la situation confortable du spectateur sans responsabilité, me fascine : môme je restais des heures merveilleuses dans la boutique voisine du cordonnier, cagibi où plânait une ombre fraîche de treilles, fréquenté par des aveugles à la Gréco, leur canne à rayures noires et blanches entre les genoux, qui causaient avec la silhouette floue qui frappait les semelles au fond de la boutique derrière une muraille de bottes et qui rôtait des relents insecticides de vin rouge. Les coiffeurs des drugstores qui dessinent autour des nuques obéissantes des ballets de gestes précieux qui s'évaporent me font coller le nez aux rideaux, avec une immense avidité étonnée. Le mouvement des aiguilles à tricoter de ma mère secrétant des chandails dans un cliquetis de fleurets domestiques a pour moi l'inépuisable enchantement du feu dans la cheminée ou de la mer dont la monotonie toujours changeante m'hypnotise. Et après quelques mois de guerre que je marquais en traçant des croix rageuses sur tous les calendriers à la portée de ma main, après la jambe de Ferreira et la mort du caporal Paulo, instituteur qui dissertait en hurlant, devant le mess des officiers, toutes les nuits, oblique à force de vin, des discours prolixes au sujet d'équations du second degré, entouré d'une meute de chiens ignares qui, furibonds, aboyaient dans le noir, j'occupais mes fins de journée à assister aux démarrages éreintés de la machine à coudre du *soba,* dont les coudes pointus comme des bielles, ressemblaient à ceux d'un coureur de fond au terme d'une épreuve excessive. Quand on m'a appelé à la radio, l'appareil venait d'avaler de travers la chemise d'un sous-lieutenant et toussait fils, boutons et bouts de tissus par toute une série d'orifices rouillés. Le *soba,* complètement affolé, les mains sur la tête, sautait autour de cet engin vénérable comme Buster Keaton autour de ses inventions catastrophiques.

    Attendez un instant, laissez-moi remplir votre verre. Voulez-vous sucer la rondelle d'orange et la cracher ensuite dans le cendrier, pareille à une tranche de soleil d'octobre, sèche et mate : sucer l'orange les yeux baissés pour vous éviter à vous-même le spectacle dérisoire de mon émotion, une émotion d'ivrogne, à deux heures du matin, quand les corps commencent à se déplacer comme des essuie-glaces, le bar est un Titanic qui fait naufrage et des bouches cousues sortent des hymnes sans son : elles s'ouvrent et se ferment comme les lèvres tuméfiées des poissons ? Il y a quelque chose, savez-vous, d'un galion espagnol submergé dans cette salle, peuplé des cadavres de l'équipage à la dérive qu'une clarté sous-lunaire illumine en diagonale, des cadavres qui flottent sans adhérer aux chaises, entre deux eaux, dont les bras sans os ondulent avec des lenteurs d'algues. Même les serveurs deviennent lents, somnolents, ils prennent racines sur le comptoir : on dirait des coraux stupéfaits que le barman stimule, parfois, en leur faisant sentir le flacon de sels d'une eau-de-vie de poire, les sauvant ainsi d'un coma végétal. Et nous sommes ici, noyés nous aussi, fronçant, de temps en temps, les coquilles de nos paupières, pieuvres d'aquarium qui borborygment des mots que la musique de fond dissout dans un murmure sourd de marée ; vous m'écoutez avec la patience tranquille des statues (quelle langue parleraient les statues si elles parlaient, quelles phrases se disent-elles en secret dans la nuit silencieuse et creuse, nuit de musée, avec sarcophages et crachoirs ?), vous êtes en train de m'écouter, disais-je, et moi en train de vous raconter l'appel radio pour entendre, venue de Gago Coutinho, mot à mot, la nouvelle de la naissance de ma fille, crispé sur le dos de la chaise du caporal des transmissions et en train de penser Je vais avoir une saloperie quelconque et je suis foutu.

Je m'étais marié, vous savez ce que c'est, quatre mois avant d'embarquer en août, par un après-midi ensoleillé dont je garde un souvenir confus et ardent, l'orgue, les fleurs sur les autels, et les larmes de la famille lui prêtaient un je ne sais quoi de film de Bunuel, attendri et suave, après les brèves rencontres des week-ends pendant lesquelles nous faisions l'amour dans une rage d'urgence, inventant une tendresse désespérée où l'on devinait l'angoisse de la séparation toute proche, et nous nous sommes dits au revoir sous la pluie, sur le quai, les yeux secs, collés l'un à l'autre, enlacés comme deux orphelins. Et maintenant à dix mille kilomètres de moi, ma fille, pomme de mon sperme, dont je n'avais pas suivi la croissance de taupe, sous la peau du ventre, faisait soudain irruption dans le cagibi des transmissions parmi les coupures de revues et les calendriers aux actrices nues, apportée par la cigogne de la petite voix claire de l'adjudant de Gago Coutinho qui expliquait : Fox, Echo, Lima, India, Charlie, India, Tango, Alpha, Tango, India, Oscar, Novembre, Sierra, les félicitations du bataillon.

Mille baisers pour ma fille et ma chère petite maman (1) : ma grand-mère m'a montré, un jour, un morceau de papier fragile comme une feuille d'herbier, un télégramme par lequel mon Grand-Père

(1) En français dans le texte.

pendant la Guerre en France répondait à la naissance de ma mère et je me suis rappelé, en regardant une photo où une jeune fille et un chien se léchaient mutuellement l'entrecuisse, un petit homme silencieux, avec des cheveux blancs et un appareil auditif, assis au balcon de la maison à Nelas, en train de regarder la montagne ; je me suis rappelé les fins d'après-midi dans les Beiras (1), en septembre, en ce temps ancien, où la famille se groupait autour de moi et de mes frères dans une sorte de rétable attendrissant et protecteur, je me suis rappelé le sourire de ma mère, que j'ai si peu vu sourire depuis, et la branche de vigne vierge qui frappait contre la fenêtre toutes les nuits, nous appelant à de mystérieuses prouesses de Peter Pan. Et maintenant, appuyé contre la clôture, tout seul afin qu'on ne voit pas mes larmes, appuyé à la clôture de Chiume et regardant la pente du mont jusqu'à la plaine et par-delà la plaine jusqu'à la forêt pour mourir du Levant, la forêt pour mourir, maigre et pâle, à l'Est, je pensais à ma fille inconnue dans un berceau de clinique, parmi d'autres berceaux de clinique qu'on guette par des hublots de navire, je pensais à la fille que j'avais tant souhaitée comme un témoignage vivant de moi-même, dans l'espoir de me racheter un peu, par son intermédiaire, de mes fautes, de mes défauts et de mes failles, des projets avortés et des rêves grandiloquents auxquels je n'osais donner ni forme ni sens. Peut-être écrirait-elle un jour les romans que j'avais peur de commencer et leur trouverait-elle la couleur, et le rythme justes, peut-être parviendrait-elle à avoir avec les autres le rapport proche, chaud et généreux qu'à la fois je craignais et désirais, peut-être nous serait-il possible d'avoir une entente, patiemment conquise, qui m'aurait justifié d'une certaine manière et que sa mère avait attendue, en vain, des années durant. La sensiblerie, vous savez,

---

(1) Centre du Portugal, dominé par une montagne de 2 000 mètres, la Serra da Estrela. Nelas en est une petite ville.

remplace fréquemment en moi le vrai désir du changement, et je continue à blesser, imperturbablement, les gens au nom de cette espèce particulière d'autocommisération et de repentir qui revêt, la plupart du temps, la forme d'un égoïsme féroce. La lucidité que la deuxième bouteille de vodka me donne est à ce point insupportable que si vous n'y voyez pas d'inconvénient, nous allons passer à la clarté tamisée du cognac qui teint ma médiocrité intérieure d'un lilas de solitude affolée, qui, au moins, me justifie et me rend pardonnable, en partie. La même chose ne vous arrive-t-elle pas ? Vous n'avez jamais eu envie de vous vomir vous-même ? A mesure que je vieillis et que le besoin de survivre devient moins urgent et moins aigu, je m'aperçois, avec une plus grande netteté que... Mais voici le cognac : à la seconde gorgée, vous verrez, l'anxiété commence à changer de cap, l'existence retrouve peu à peu une tonalité agréable, nous recommençons lentement à nous apprécier, à nous défendre contre nous-mêmes, à être capables de continuer à détruire. Avec ce pansement à 90° dans l'œsophage je me sens libre de reprendre ma narration au point où je l'ai laissée il y a un moment : nous sommes en 71, à Chiume, et ma fille vient de naître. Elle vient de naître et à cette heure-là les dames du Mouvement National Féminin doivent être en train de penser à nous, sous les casques martiens des séchoirs des coiffeurs, les patriotes de l'Union Nationale pensent à nous pendant qu'ils achètent des dessous noirs et transparents pour leurs secrétaires, la Jeunesse Portugaise pense à nous en préparant tendrement les héros qui nous remplaceront, les hommes d'affaires pensent à nous lorsqu'ils fabriquent du matériel de guerre à bas prix, le Gouvernement pense à nous en attribuant des pensions misérables aux femmes des soldats, et nous, ingrats que nous sommes, nous, cibles de tant d'amour, nous sortons de ces barbelés où nous pourrissons pour aller mourir à cause de la perversité d'une mine ou d'une embuscade ou nous laissons négligemment des enfants sans père à qui on enseignera à montrer du doigt notre portrait à côté de la télévision, dans les living-room où nous n'avons pas mis les pieds. Le sous-lieutenant Eleutério, petit et ridé, que j'étais allé retrouver dans la forêt, dans une Mercedes, quand un de ses hommes avait perdu la jambe sur une anti-personnel et se tordait sur le sable, encore conscient, a posé sa main sur mon épaule, sans dire un mot, et ce fut, vous comprenez, une des rares fois, jusqu'à aujourd'hui, où je me suis senti accompagné.

J

Laissez-moi payer l'addition. Non, sérieusement, laissez-moi payer et prenez-moi pour le jeune technocrate idéal, portugais de 79, l'intelligence type Express, c'est-à-dire mondaine superficielle et inoffensive, la culture du genre revue littéraire — à savoir : prolixe, étrange, précieuse — l'option politique Fox-trot, eau de Vichy et restaurant à la mode, une gravure de Pomar (1), une sculpture de Cutileiro (2) et un gramophone à pavillon dans l'appartement, et qui entretient une liaison émancipée, sinueuse et remplie de courts-circuits orageux avec une architecte paysagiste, qui, lorsqu'elle laisse le soir ses lentilles de contact dans le cendrier, perd avec ce strip-tease de dioptries le charme brumeux du regard des actrices américaines de Nicholas Ray, pour devenir un nu sans mystère de Campo de Ourique (3), en train de chercher à tâtons dans son sac sa boîte de pilules. Nous devrions tous porter des bretelles pour que l'âme nous tombe un peu moins sur les talons, conseillait Vidalie à ses amis dans un bar que Mai 68 avait laissé intact — de la même façon que les marées épargnent sans qu'on sache pourquoi certains rochers sur la plage — et nous cesserions

---

(1) Peintre contemporain.
(2) Sculpteur contemporain très coté et très à la mode, comme le peintre Pomar.
(3) Quartier résidentiel et de bourgeoisie moyenne de Lisbonne.

peut-être ainsi de trébucher sur les ourlets des pantalons de nos projets maquillés, qui ont une si mauvaise haleine quand on les voit de près. Il y a peu de chose en quoi je crois encore et à partir de trois heures du matin le futur se réduit aux proportions angoissantes d'un tunnel où l'on pénètre en mugissant de cette douleur ancienne que l'on n'arrive pas à guérir, ancienne comme la mort qui fait croître en nous, depuis l'enfance, sa mousse poisseuse de fièvre et qui nous invite à l'inaction des moribonds. Mais il existe aussi, vous savez cette lumière diffuse, volatile, omniprésente, passionnée, commune aux tableaux de Matisse et aux après-midi de Lisbonne, qui de même que la poussière en Afrique, traverse les fentes, les fenêtres closes, les intervalles mous qui séparent les boutons des chemises les uns des autres, les parois poreuses des paupières et la texture de verre assassiné du silence, et il n'est pas impossible alors que la beauté inattendue d'une jeune fille qui nous croise sans nous voir dans un restaurant, où la tête du merlan frit nous regarde depuis l'assiette avec des yeux implorants d'orgasme, nous touche subitement de la frange du miracle d'une colique de désir et de joie. C'est cet instant de surprise, ce Noël inespéré, cette jubilation, au fond sans raison, que probablement nous attendons tous les deux ici, dans ce bar, que nous souhaiterions habité par le père de Huckleberry Fynn et ses saouleries furibondes et géniales, immobiles comme des caméléons guettant la mouche d'une idée et changeant de couleur selon la tonalité de l'alcool que nous avalons. Tout comme moi j'ai changé de couleur quand, en entrant le matin dans la salle de bains, je suis tombé sur l'officier katangais qui se lavait les dents, les gencives, le palais, la langue, tout le visage avec ma brosse à dents :

« *Bonjour mon lieutenant* » (1), a-t-il dit dans un énorme rire entre les bulles de bave rose qui coulait de son menton.

(1) En français dans le texte.

Ils étaient arrivés, quelques jours auparavant, à Chiume, c'était une compagnie entière de noirs très petits à grosses têtes, un foulard rouge au cou et dont les moustaches, non jardinées, leur conféraient l'air faussement intellectuel des saxophonistes du Festival de Jazz de Cascais (1), génies de la demi-croche que le moindre Ben Webster excommunierait, commandés par un sous-lieutenant d'âge mûr qui s'est présenté comme un cousin de Tshombé, et qui s'exprimait dans un français de méthode Linguaphone qui ne tournerait pas à la bonne vitesse :

« *J'ai très bien connu Mobutu, mon lieutenant* », m'a-t-il averti, extrayant des grottes d'Altamira de ses poumons des crachats de mépris, « *Il était caporal comptable à l'armée belge* » (2).

Réunis et armés par la P.I.D.E., ils formaient une horde indisciplinée et pétulante que la radio de la Zambie nommait " les assassins à la solde des colonialistes portugais ". Ils ne faisaient pas de prisonniers et ils revenaient de la jungle en hurlant, les poches pleines de toutes les oreilles des hommes qu'ils étaient arrivés à prendre, ils s'étaient emparés des femmes du village noir sous le regard désespérément résigné du *soba,* qui était de plus en plus perdu dans la contemplation de la plaine, appuyant son coude, et ce qui lui restait d'âme, sur sa machine à coudre définitivement esquintée et qui commençait à ressembler à une baleine morte sur la plage ; ils se hérissaient constamment en exigences et en bouderies d'hôtes de luxe qui éperonnent de leurs menaces l'empressement des employés, ils refusaient le travail avec l'arrogance de P.-D.G. qui craignent d'être confondus avec le concierge, et le cousin de Tshombé, impavide, se régalait de rats rôtis, sous nos regards écœurés et il lavait ensuite ses dents satisfaites avec ma brosse en se justifiant avec une simplicité désarmante :

(1) Plage bourgeoise, ancien village de pêcheurs à 20 km à l'Ouest de Lisbonne.
(2) En français dans le texte.

« *Excusez-moi, mon lieutenant, je pensais qu'elle était à tout le monde* » (1).

« Le M'sieu de la P.I.D.E. commande plus que les militaires », vérifiait le *soba* avec une incrédulité désolée, montrant les blancs en civil qui venaient de temps en temps conspirer avec les Katangais dans les coins de la clôture, des individus obliques, d'une amabilité de mauvais augure, dont l'inspecteur avait été une fois soulevé par le cou, au mess de Gago Coutinho, par le lieutenant, car il avait traité de lâche un officier qui n'était pas présent :

« Foutez-moi le camp, espèce de con. »

Mais aussitôt après, du Commandement Régional, les brigadiers, autoritairement, avaient laissé entendre que ceux qui entreraient en conflit avec ces héroïques patriotes de la sécurité de l'Etat, couraient quelques risques militaires désagréables, et ainsi le lieutenant a fait irruption dans ma chambre en tournoyant d'indignation :

« Ils sont aussi salauds les uns que les autres, docteur, mais qui est en train de se faire baiser la peau c'est nous, ici. Faites un effort pour me trouver une petite maladie comme il faut car j'en ai marre de cette putain de guerre. »

J'étais de passage au siège du bataillon, sur le chemin de Luanda et de mes vacances à Lisbonne, couché sur le lit pour la sieste d'après le déjeuner, je sentais comme un fœtus le poids des spaghetti dans mon ventre.

« Une maladie, docteur, insistait le lieutenant, anémie, leucémie, rhumatisme, cancer, goitre, une maladie quelconque, une maladie merdique qui me foute à la réserve : qu'est-ce qu'on fait ici ? Vous vous êtes demandé ce qu'on fait ici ? Vous pensez que quelqu'un va vous remercier, eh, non, foutaises, vous pensez que quelqu'un nous remercie ? Par-dessus le marché, voyez ma déveine,

---

(1) En français dans le texte.

j'ai reçu hier une lettre de ma femme qui m'annonçait que la bonne avait demandé son congé, qu'elle s'en était allée, qu'elle a foutu le camp : il n'y avait pas de gars pour la marquer, la nénette, et voilà le résultat. Croyez-moi docteur, une bonniche que le patron ne baise pas, n'arrive pas à s'attacher à une maison. Je lui avais acheté des bas en dentelle noire et des culottes rouges, les couleurs de l'Artillerie, ma femme partait tôt au travail, elle, elle m'apportait le petit déjeuner au lit avec ses bas et sa culotte croquante comme du maïs, elle levait le drap, regardait et disait Ah, mon lieutenant, c'est si grand aujourd'hui. Docteur, il aurait fallu voir sa compétence. Et ses façons ? Et sa délicatesse ? Je ne lui ai jamais entendu prononcer d'obscénité. C'était toujours : la chose. Votre chose ceci, votre chose cela, mettez donc votre chose dans ma petite chose. Qu'est-ce que vous me dites à ça, hein ? »

Les yeux fermés, la voix énorme du lieutenant qui rebondissait dans la chambre, je pensais : il y a onze mois que je ne vois pas de rideaux, ni de tapis, ni de verres à Porto, ni de macadam, et c'était comme si ces quatre absences formaient la base élémentaire de toute sorte de bonheur, il y a onze mois que je ne vois que mort et angoisse et souffrance et courage et peur, il y a onze mois que je me masturbe tous les soirs, comme un gamin, qui tisse des variations d'adolescent autour des seins des photos du cagibi des transmissions, il y a onze mois que je ne sais pas ce que c'est qu'un corps auprès de mon corps et la paix de dormir sans anxiété ; j'ai une fille que je ne connais pas, une femme qui est un cri d'amour suffoqué dans un aérogramme, des amis dont je commence inévitablement à oublier les traits, une maison meublée sans argent que je n'ai jamais vue, j'ai vingt et quelques années, je suis au beau milieu de ma vie et tout autour de moi semble suspendu, comme ces créatures aux gestes congelés qui posaient pour les anciennes photographies.

« Demain je vais en bimoteur à Luanda. Voulez-vous que je baise la bonne pour vous ? »

Et à nouveau la baie, les palmiers, les oiseaux blancs aux pattes hautes, les cafés des militaires, les hommes aux porte-documents graisseux qui échangeaient de l'argent à 20 % aux terrasses, le jeu de hanches des mûlatresses, les cireurs, les estropiés, l'indescriptible misère des bidonvilles, les putains du quartier Marçal, illuminées de biais par les phares des jeeps, les types des plantations de café dans les cabarets de l'Ile en train de peloter les danseuses décrépites avec des yeux globuleux de crapaud, ville coloniale prétentieuse et sale que je n'ai jamais aimée, faite de graisse humide et chaude, je déteste tes rues sans suite, ton Atlantique domestiqué de lessive, la sueur de tes aisselles, le mauvais goût strident de ton luxe. Je ne t'appartiens pas, et tu ne m'appartiens pas, tout en toi me répugne, je refuse que mon pays soit celui-là, moi qui suis un homme au sang tellement mêlé, par un étrange hasard d'aïeux de toutes parts : suisses, allemands, brésiliens, italiens, mon pays c'est 89 000 kilomètres carrés avec pour centre Benfica et le lit noir de mes parents, mon pays c'est là où le Maréchal Saldanha (1) pointe son doigt et où le Tage se jette dans la mer, sur son ordre, obéissant, ce sont les pianos des tantes et le spectre de Chopin qui flottent, l'après-midi, dans l'air raréfié des visites, mon pays, Ruy Belo (2) c'est ce dont la mer ne veut pas.

Des oiseaux blancs, des chalutiers qui sortaient pêcher au début de la nuit. L'hôtesse qui m'avait réservé ma place dans l'avion est soudain apparue pour me donner un petit papier plié pendant

---

(1) Un des chefs du Libéralisme portugais au milieu du XIXe siècle, pendant la guerre civile contre l'absolutisme royal. Sa statue est au centre d'une des places les plus mouvementées de la capitale.
(2) Ruy Belo : poète contemporain.

que je me débattais avec les complications causées par la ceinture ·

« Vous avez les yeux bleus. Venez me voir quand vous reviendrez. »

L

A quatre heures du matin, les miroirs sont encore suffisamment miséricordieux ou opaques pour ne pas nous retourner les figures fripées et recroquevillées des nuits sans sommeil, que les yeux ternis animent d'un clignement découragé, l'excès de lumière de l'aéroport m'empêchait de me confronter avec ma propre silhouette hésitante dans les vitres, inclinée comme une canne à pêche sur le gros poisson de ma valise, après beaucoup d'heures d'avion, la cravate déviée de la bissectrice du col devenue un chiffon mou comme les montres de Dali, mes rides qui s'accumulaient autour de mes paupières à la manière des sillons concentriques sur le sable des jardins japonais : entre l'homme qui revenait tout seul de la guerre vers sa ville et marchait à travers des grappes d'étrangers indifférents et nous qui nous dirigeons vers la sortie du bar le long d'un couloir fait de nuques et de profils dont la diversité monotone les rapprochent des mannequins de vitrine, pétrifiés en gestes immobiles d'une inutilité pathétique, il y a, seulement, la différence insignifiante de quelques morts sur le sentier, de cadavres que vous n'avez pas connus, que les nuques et les profils n'ont jamais vus, que les étrangers de l'aéroport ignoraient et qui sont donc ainsi inexistants, inexistants, vous comprenez ? inexistants, inexistants, comme votre tendresse pour moi, ce rapide sourire sans affection qui n'arrive presque pas à naître, votre main immobile qui accepte mes doigts avec indifférence, votre cuisse inerte que la mienne presse anxieusement. Votre corps m'échappe, comme nos membres nous échappent au sixième round, indépendants de nous, laissant flotter des gestes de pieuvres auxquelles il manque l'armature des os et dans votre tête tournent des pensées indéchiffrables dont je me sens exclu, condamné à rester debout, à attendre, sur le paillasson de l'entrée de vos regards ironiques à la manière, vous voyez ce que c'est, d'une boîte de conserve dont on aurait perdu la clé. Vous souvenez-vous des pêcheurs du dimanche sur le bord de la route de la côte entre Lisbonne et Cascais, tendant toute la nuit vers l'eau leur petit hameçon obstiné et heureux ? Eh bien, si vous posiez lentement votre tête sur mon épaule, si votre hanche frictionnait la mienne jusqu'à ce que jaillisse de leur rencontre, la flamme de silex d'une érection gaie, si vos cils s'humidifiaient soudainement, en me fixant d'un air de consentement et d'abandon, nous pourrions, peut-être, trouver en nous la même jubilation souterraine que la peau contient difficilement, le même plaisir dense fait d'expectative et d'espoir la même joie qui se nourrit d'elle-même comme le matin dévore dans ses plis clairs le cœur scintillant du jour. Nous pourrions vieillir l'un à côté de l'autre et de la télévision du salon, avec laquelle nous formerions les sommets d'un triangle domestique équilatéral protégé par l'ombre tutélaire de l'abat-jour à franges et d'une nature morte représentant des perdrix et des pommes, mélancolique comme le sourire d'un aveugle, et trouver dans la bouteille de *Drambuie,* du buffet, un antidote sucré à l'acceptation du rhumatisme. Nous pourrions nous frictionner mutuellement nos becs de perroquets avec du baume Ménopausol, compter à l'unisson, à la fin des repas, les mêmes gouttes contre la tension, et le dimanche, après le cinéma, grâce au dernier baiser du film indien nous unir en enlacements spasmodiques de nouveau-nés soufflant par nos dentiers des bronchites affolées de bouilloire. Et moi, couché sur le dos sur le matelas orthopédique, réduit à une planche dure de fakir afin de prévenir les élancements de la sciatique, je me souviendrais du jeune homme sain et ardent que j'ai été il y a très longtemps, capable de reprendre sans aigreur d'estomac du poulet Marengo, pour qui l'horizon ne se limitait pas au profil de cordillière des Andes d'un électrocardiogramme menaçant, au moment où il revenait d'Afrique pour connaître sa fille, par un de ces petits matins de novembre, tristes comme la pluie sur une cour de récréation pendant le cours de mathématiques.

La voix féminine qui vient de nulle part pour annoncer en trois langues le départ des avions flottait, immatérielle, au-dessus de ma tête, identique à un nuage de Delvaux, jusqu'à se dissoudre peu à peu dans une mousse de syllabes où des noms de villes étranges résonnent : São Salvador, La Paz, Buenos Aires, Montevideo, des édifices de cent étages que les ascenseurs, comme des pommes d'Adam, parcourent continuellement de bas en haut en déglutitions incessantes, et qui vomissent des fonctionnaires sombres, moustachus, dont les sourires s'ouvrent comme des rideaux sur des dents en or d'une amabilité carnivore. Dans ces pays véhéments où les coups d'Etat et les tremblements de terre se succèdent à une cadence théâtrale destinée à essayer de secouer — sans succès — le désintéressement somnambulique d'un public de chanteurs de tango qui attendent depuis l'accident de Gardel que la Cumparsita les réveille, là, je pourrais débuter entre un cactus et une Dolores, l'existence généreuse du Camilo Torres qui hurle en moi son indignation passionnée, sous de successives couches solidifiées d'égoïsme et de paresse. Des dizaines de Sierras Madres attendraient ma barbe et mon cigare et je résoudrais tranquillement des problèmes de jeu d'échecs, adossé à un arbre, et je ferais trembler de peur des dictateurs ventrus protégés par leur Ray-Ban et le chewing-gum de la C.I.A. L'employé de la douane, un maigrichon intolérant qui a subodoré certainement en moi le guerrillero en embryon, a fouillé ma valise avec une aigreur minutieuse, à la recherche de mitraillettes libertaires.

« J'apporte un fœtus de huit mois caché parmi mes chemises » l'ai-je informé aimablement pour aiguiser son irritation et son zèle. Il avait l'aspect frénétique et sans illusions de celui qui se couche à côté d'une épouse frigide, maintenue en vie uniquement par le poumon d'acier du feuilleton de la radio.

« Vous venez d'Angola convaincus que vous êtes de grands hommes, mais ici ce n'est pas la jungle, mon petit bidasse ». Et sa voix qui articulait les mots avec une intonation Assimil m'a ramené brusquement au souvenir du professeur de Portugais du Lycée, un individu exagérément soigné, aux ongles polis, la chevalière avec monogramme au doigt, qui récitait Tomás Ribeiro (1) sur la pointe de ses souliers vernis, en arrachant du fond de son œsophage des tremblements d'émotion violente :

> Parlent la pie et le perroquet
> Caquète aussi la poulette
> Les tendres pigeons roucoulent
> Gémit la colombe innocente

« Si c'était le cas, je vous flinguerais les couilles. »

Le bureaucrate âgé qui marchait devant moi s'est retourné soufflé, une dame a dit à une autre Ils sont tous comme ça quand ils reviennent d'Afrique, les pauvres, et moi, j'ai senti qu'ils me regardaient comme on regarde les estropiés qui rampent soutenus par des béquilles aux alentours de l'Hôpital Militaire, comme des crapauds boiteux fabriqués par la bêtise de l'*Estado Novo,* et qui, en fin d'après-midi, l'été, cachaient leurs moignons honteux dans leurs manches de chemise, pigeons malades posés sur les bancs du

---

(1) Poète populiste.

jardin de Estrela (1) où se mêlant aux prostituées de la rue Artilharia Um qui frottent leurs hanches osseuses aux Mercedes diesel des promoteurs immobiliers, qui une allumette entre les dents suent le rut sous leurs chapeaux tyroliens. L'employé des douanes qui avait reculé de deux pas, terrorisé, attendait, adossé au mur, que je balaye à la mitraillette les sacs de voyage empilés sur son comptoir qui saigneraient des culottes et des chaussettes par les trous causés par les balles. Le bureaucrate âgé, frappé, m'a touché respectueusement l'épaule :

« Le fœtus que vous avez dans votre valise est-il dans un flacon ? »

Une file de taxis immobiles s'allongeait devant l'aéroport sous la nuit et sous la pluie, solennels comme pour un enterrement, pilotés par des têtes que l'on distinguait mal dans l'ombre des sièges, mais qui devaient renifler leurs sinusites perpétuelles de malheureux résignés. Le halo de clarté des réverbères ressemblait aux auréoles fumeuses des saints dans les tableaux d'église et j'ai pensé, en regardant les ténèbres inhabitées, et flétries, qu'un lever du jour incertain faisait déteindre. Finalement c'est ça Lisbonne, avec la même incrédule désillusion que j'avais eu en visitant la maison de Nelas, bien des années plus tard, et en découvrant des pièces exiguës et sans mystère là où j'avais laissé d'énormes salles sonores parcourues par le souffle épique de l'enfance.

Assis à l'arrière de la voiture, les déclics du compteur me faisaient sursauter comme des hoquets dans l'œsophage et, je cherchais désespérément à reconnaître ma ville à travers les vitres couvertes de verrues d'eau qui glissaient lentement vers le bas, dans une lenteur de cire, et je ne découvrais dans le tremblement précaire des phares, que des brefs profils d'arbres et de maisons, qui me paraissaient immergés dans l'atmosphère uniforme de

---

(1) Jardin public aux alentours de l'Hôpital Militaire de Lisbonne.

veuvage solitaire et dévôt commune à certains endroits de province, quand le cinéma du centre paroissial ne passe pas un film pieux sur le manque de vocations. Mon souvenir grandiose d'une capitale scintillante d'agitation et de mystère copiée de John dos Passos que j'avais nourri avec ferveur pendant une année passée sur le sable de l'Angola, se recroquevillait, honteux, face à ces immeubles de banlieue où un peuple de petits employés ronflait au milieu de plats argentés et de napperons de crochet. Un groupe d'hommes en ciré arrosait municipalement la rue dans un espoir obstiné de voir naître de l'asphalte des chrysanthèmes miraculeux, poètes de l'aurore déguisés en scaphandriers, les premiers chiens, squelettiques, comme les lévriers de l'Escurial, flairaient dans les encadrements vide des seuils l'idée d'un os. D'ici peu, vous savez ce que c'est, des femmes avec des souliers d'homme et des hommes sans souliers descendraient des bidonvilles près du cimetière pour de maigres rapines avides dans les poubelles, fouillant les restes de nourriture dans les boîtes de conserve et les bouteilles cassées ; les petits pauvres de mes Tantes, à qui, à Noël, on offrait par l'intermédiaire du prieur – démiurge à la charité annuelle – des tranches de galette des rois, des paroles évangéliques et des médicaments périmés, entourés d'enfants, de poux et de cris, personnages de Vittorio de Sica, à la dérive dans un film portugais.

« Quelle merde de pays de merde », ai-je dit au chauffeur, qui m'a répondu par un coup d'œil méfiant dans le rétroviseur qui réduisait son visage à une paire de pupilles petites et hostiles, auxquelles le miroir donnait l'air aigu et protubérant des reflets métalliques. Deux cartes postales collées au tableau de bord, une représentant Notre Dame de Fatima et l'autre Sainte Thérèse de l'Enfant-Jésus encadraient un écriteau qui exigeait sèchement que l'on dépose les mégots dans une espèce de bourse marsupiale en aluminium logée comme une verrue dans le dos du siège de devant. Je suis foutu, un frère du Saint Sacrement, ai-je pensé. Et j'ai ajouté bien haut dans le but d'apaiser l'indignation du croisé catholique :

« Loué soit Notre-Seigneur Jésus-Christ », en essayant d'imiter le majestueux accent du Centre, des cardinaux-primats (1) dont les gestes lents d'encensoir cachent des méfiances ossifiées de paysan perturbé par les trains.

« Moi, les chemins de fer me font rêver », ai-je expliqué au chauffeur en payant, devant le vieux portail flanqué des ananas de pierre : l'homme m'a dévisagé avec un immense étonnement incrédule oubliant l'argent et frappé comme s'il avait eu en novembre la révélation de Noël.

Le passage du Vintém das Escolas, le cul-de-sac, le haut mur de la maison, la cour de l'usine de tannerie où glapissait constamment un chiot désespéré, le ciel pluvieux couleur-de-lait, les branches sèches du bougainvillier sur le mur : je suis arrivé, je vais monter l'escalier en traînant la valise derrière moi, ouvrir la porte, entrer, me dissoudre dans tes bras, solitaires depuis si longtemps, voir naître le jour par la fenêtre étroite du plafond, à côté de toi, assister à l'arrivée de l'ange-boulanger, je vais toucher ta peau, tes jambes, l'intervalle doux et tendre et concave des cuisses, l'espace clair qui sépare les seins et qui possède l'éclat nacré de certains coquillages secrets que la marée basse exhibe orgueilleusement comme un trésor, je vais entrer lentement en toi, jusqu'au fond, appuyé sur mes bras allongés pour assister à la joie criée de l'orgasme, au visage qui tournoie sur l'oreiller couvert d'ellipses de cheveux, aux orbites brusquement aveugles, brusquement opaques, que les cils assombrissent de leurs franges tremblantes de paramécie. C'est difficile de parler de ça, comme ça, vous comprenez ? à côté du portier de ce bar simultanément intransigeant et obséquieux qui exige son

---

(1) Le Cardinal Cerejeira, patriarche de Lisbonne et primat du Portugal, était natif du Centre du pays.

pourboire avec une servilité péremptoire d'attaque à main armée et qui incline vers moi les galons de sa manche de la même manière que l'éléphant du Jardin Zoologique tend sa trompe molle vers la botte de carottes de son gardien. C'est difficile, vous comprenez ? D'autant plus que je ne trouve pas dans ma poche une seule pièce de monnaie pour satisfaire les appétits autoritaires de cet individu qui commence à froncer les sourcils avec l'hostilité sans nuances des grands animaux courroucés, prêt à me piétiner sous les pattes énormes de ses souliers, avec une fureur élémentaire de pachyderme et à transformer mes bras en arabesques tordus Art-Nouveau, identiques à ces pieds de lampe savamment oxydés capables d'arracher aux calvities des scintillements lunaires. De sorte que, j'ai grimpé les marches, la valise traînant derrière moi telle une queue gênante, et une explosion de larmes enflait, se pelotonnait dans ma gorge, j'ai trouvé ma femme dans un lit et un enfant dans un berceau, toutes les deux endormies avec la même crispation sans défense faite de fragilité et d'abandon, et je suis resté immobile, dans la chambre, la tête encore pleine d'échos de la guerre, du son des coups de fusil et du silence indigné des morts, et j'écoutais, vous savez ce que c'est, les sommeils qui s'entrelaçaient en un réseau compliqué d'haleines, une cheville de ma femme dépassait, pendant des draps et j'ai commencé à la caresser légèrement jusqu'à ce qu'elle s'éveille, ouvre les draps sans un mot et me reçoive entier dans le creux tiède du matelas. La voix grasse du lieutenant, roulant de très loin, répétait : se payer la patronne, se payer la patronne, se payer la patronne, docteur, il faut se payer la patronne, les capitaines sortis du rang jouaient aux dames au mess, Ferreira cicatrisait le moignon de la jambe qu'il n'avait plus, à Luso, et moi, je me faisais l'impression de faire l'amour pour eux tous vous comprenez, de les venger tous de la souffrance et de l'angoisse sur un corps ouvert comme une corolle nocturne qui se fermait lentement sur mes reins épuisés.

Un jour, peut-être, si nous nous connaissons mieux, je vous montrerai la photo que je garde dans mon portefeuille, de ma fille aux yeux verts qui changent de tonalité quand elle pleure et deviennent couleur de mer intraitable d'équinoxe sautant par-dessus la muraille dans un tricot fâché d'écume, je vous montrerai son sourire, sa bouche, ses cheveux blonds, la fille dont j'ai rêvé neuf mois dans la sueur d'Angola, parce que c'est nous qui sommes en réalité et que le reste jamais n'exista disait Luandino (1), c'est nous qui sommes en réalité, elle et moi, son corps élancé, ses mains si semblables aux miennes, l'infatigable curiosité de ses questions, son inquiétude anxieuse au sujet de mon silence ou de ma tristesse, c'est nous qui sommes en réalité, tout le reste est mensonge, je vous montrerai l'expression sérieuse de ma fille que je n'ai pas vue enfler dans le ventre de sa mère, la fille pour qui j'étais une photo que l'on montre du doigt, et qui me dévisageait rageusement comme un intrus, moi qui arrivais d'Afrique, je passais des après-midi entiers avec elle sur mes genoux, nous nous sourions l'un à l'autre de ce rire fait d'une entente ancienne et savante que les enfants de quatre mois héritent des albums et qu'ils mettent des années et des années à perdre. Il fait sa sieste et je ne veux pas qu'on le réveille ai-je déclaré aux soldats, l'aumônier tournait autour du cercueil et dessinait des croix avec ses doigts, le lieutenant grognait Putain de guerre, Putain de guerre, Putain de guerre, je suis en civil à nouveau pour quelques jours et je voyage sur la géographie suave de ton corps, sur le fleuve de ta voix, à l'ombre fraîche de tes paumes, sur le duvet de ton pubis, tel une poitrine de colombe, mais moi, Alexandra et toi pluie de samedi, c'est nous qui sommes encore la vérité, les pleurs soudains de notre fille dans la nuit des draps nous réveillant, les biberons chauffés dans la cuisine pendant des nuits d'angoisse et d'espoir, non, écoutez, aujourd'hui quand je

(1) Luandino Vieira : écrivain angolais contemporain.

me couche l'avenir est un brouillard fermé sur le Tage sans bateaux, seulement un cri désolé occasionnel dans la brume, je vivrai longtemps dans tes gestes, ma fille ; la famille est venue me voir avec la curiosité qu'on a quand on assiste, d'un endroit sûr, à un tremblement de terre, une débâcle, un suicide, un accident, un homme sur le ventre par terre à côté d'une voiture froissée, un épileptique qui saute sur le trottoir, un cardiaque tenant son cœur chez l'épicier, les rides graves de mon père, les blagues des oncles, les discours d'ivrogne du caporal Paulo emporté par une mine, et, soudain l'avion du départ, ma femme contre une colonne sans parler, aucune salive dans la bouche, vous savez ce que c'est, la langue sèche comme celle des poules, les lumières de ma ville vues d'en haut. J'ai vu passer le Boeing où tu t'en allais depuis la fenêtre du salon et j'ai senti un serrement comme je ne sais quoi.

M

Chez vous ou chez moi ? J'habite derrière la Fontaine Lumineuse, à la Picheleira, dans un appartement d'où l'on voit le fleuve, l'autre rive, le pont, la ville la nuit, du style dépliant imprimé pour touristes, et chaque fois que j'ouvre la porte et que je tousse, le fond du couloir me retourne l'écho de ma toux, et une drôle d'impression me prend, vous comprenez, quand je me dirige vers moi-même dans le miroir aveugle de la salle-de-bains où un sourire triste m'attend, suspendu aux lèvres comme une guirlande de Carnaval achevé. Vous est-il déjà arrivé de vous observer quand vous êtes seule et que les gestes s'embrouillent dans une disharmonie orpheline, les yeux cherchent chez votre reflet une compagnie impossible, la cravate à pois nous donne l'aspect dérisoire d'un pauvre clown faisant son numéro, qui ne fait pas rire, devant un cirque vide ? A ces moments-là, j'ai l'habitude de m'asseoir par terre dans la chambre de mes filles qui me rendent visite tous les quinze jours, éparpillant des miettes et des images dans les pièces désertes, et dont je surveille le sommeil avec une sollicitude émue, en trébuchant sur des jambes de poupée, sur des bandes dessinées et des berceaux en baquelite, disposés sur la moquette selon un code mystérieux que j'essaye péniblement de reconstituer en leur absence, de la même façon que, devant la photo des morts nous cherchons dans notre mémoire les expressions fugitives que, trop liquides, les photos laissent couler entre les doigts. Le mardi et le vendredi, une Cap-verdienne que je n'ai jamais vue et avec qui je communique par l'intermédiaire de messages cérémonieux déposés sur le buffet de la cuisine, et qui remet les objets et les meubles dans l'ordre excessivement géométrique de la solitude, auquel le manque de poussière confère une impersonnalité aseptisée de salle de pansements, étend sur le fil de mon balcon mon linge monotone d'homme qu'aucun soutien-gorge ne vient égayer de suggestions conjugales. De temps en temps, des femmes rencontrées au hasard des coins de canapé lors d'une réunion d'amis, tout comme lorsqu'on découvre de la monnaie inattendue dans les poches de sa veste d'hiver, montent avec moi dans l'ascenseur pour une rapide imitation d'éblouissement et de tendresse dont je connais par cœur les moindres détails, depuis le premier whisky d'un air dégagé jusqu'au premier coup d'œil de désir suffisamment long pour ne pas être sincère, jusqu'à la fin de l'amour dans le barbottage du bidet où les grandes effusions se dissolvent à force de savonnette, de rage et d'eau tiède. Nous nous disons au revoir dans le hall, nous échangeons des numéros de téléphone que nous oublions aussitôt, et un baiser sans illusion que l'absence de rouge à lèvres rend incolore, et elles s'évaporent de ma vie abandonnant sur le drap la tache de blanc d'œuf qui constitue une sorte de sceau blanc certifiant que l'amour est fini : seul un parfum étrange qui habille mes aisselles d'odeur de cocotte et un trait de fond de teint au cou que je découvre le lendemain, lors du hara-kiri sanglant du rasage me garantissent le bref passage réel par mon lit de ce que je croyais déjà n'être que des artifices imprécis que la mélancolie invente. Entre-temps, les robinets et les chasses d'eau, un à un commencent à ne plus fonctionner, les stores se coincent comme des paupières compliquées impossibles à ouvrir, l'humidité croît à l'intérieur des armoires, îles où conflue le moisi ; lentement, insidieusement, la maison meurt ; les pupilles grillées des lampes me regardent fixement dans une brume d'agonie, de la bouche ouverte s'échappe l'haleine de courant d'air des respirations à bout de souffle ; assis à la table de mon bureau, je me sens sur la passerelle de commandement désert d'un navire qui coule, avec mes livres, mes plantes, mes manuscrits inachevés, les rideaux qui n'existent pas et sur lesquels souffle le vent pâle d'un bonheur diffus. L'immeuble qu'on construit en face du mien m'emmurera bientôt à la manière des personnages de Poe et seules mes dents brilleront dans les ténèbres comme celles des squelettes anciens accroupis dans l'angle d'une caverne, enlaçant les os de leurs genoux avec les tendons jaunis de leurs coudes.

Et vous, comment faites-vous ? Je vous imagine, vous savez, dans un décor à mi-chemin entre la philosophie orientale et la gauche pondérée et lucide, pour qui Mai 68 a représenté une sorte de maladie embêtante de l'enfance qui a réduit le rêve au marxisme désenchanté, utilitaire et cynique de certaines bureaucraties de l'Est : des tas de coussins par terre, une senteur d'encens et de patchouli qui flotte sur les bibelots indiens, un chat siamois dédaigneux comme une prima-donna, des livres de Reich et de Garaudy qui poursuivent sur les étagères leurs monologues véhéments de prophètes, la voix de Léo Ferré qui émerge du tourne-disque en spirales de passion fébrile. Des architectes moustachus, soigneusement mal habillés, occupent de temps en temps votre lit en fer de chez un antiquaire de Sintra (1), remplissant de mégots sans filtre les cendriers design, ou se caressant les poils hirsutes de la poitrine en élucubrations où l'on devine le profil de supermarchés à projeter. Le matin, la concierge, intraitable et grosse, ramasse les poubelles en vociférant des insultes silencieuses par ses lourds sourcils de bouledogue. De l'appartement voisin arrivent les embardées furibondes d'une

---

(1) Lieu de villégiature près de Lisbonne.

discussion conjugale accompagnée du bruit de vaisselle qui se casse. Un soleil gai comme le rire d'un flic joue du xylophone sur les volets. En pantoufles, dans la cuisine, vous préparez un café fort comme un électrochoc pour qu'il vous projette en dehors de votre enveloppe de sommeil vers votre travail, au volant d'une R4 beige, qui a eu le derrière enfoncé par un taxi colérique. Habitants de la même ville, nous avons peut-être passé des années à nous croiser sans nous voir, nous avons fréquenté les mêmes cinémas, nous avons lu les mêmes journaux, nous avons tous les deux assisté, ponctuellement, aux épisodes du feuilleton de la télévision, avec la même irritation intéressée. Nous sommes, si je puis m'exprimer ainsi, des contemporains, et nos trajectoires parallèles vont enfin se rejoindre chez moi (parce que l'odeur d'encens m'écœure) dans la même jubilation molle que celle de deux spaghetti qui se croisent. Voulez-vous que j'allume la radio dans la voiture ? Il se peut, tout peut toujours arriver, que les informations de trois heures nous annoncent la Résurrection de la Chair et que nous arrivions au cimetière de Benfica à temps pour voir sortir des caveaux de famille les dames à ombrelle de l'album de photos dont les bustes immenses continuent à m'intriguer. Quoi ? La guerre en Afrique ? Vous avez raison, je divague, je divague comme un vieux sur un banc de jardin perdu dans l'étrange labyrinthe du passé, qui remâche des souvenirs au milieu de bustes et de pigeons, les poches bourrées de timbres, de cure-dents et de tickets, bougeant continuellement les mâchoires comme s'il préméditait un crachat fantastique et définitif. Le fait est que, à mesure que Lisbonne s'éloignait de moi, mon pays, vous comprenez ? devenait irréel, mon pays, ma maison, ma fille aux yeux clairs dans son berceau, irréels comme ces arbres, ces façades, ces rues mortes dont l'absence de lumière fait penser à une foire terminée, parce que Lisbonne, vous voyez, c'est une kermesse provinciale, un cirque ambulant monté au bord du fleuve, une invention faite d'azulejos qui se répètent, se rapprochent et se repoussent, et déteignent leurs couleurs imprécises en rectangles géométriques sur les trottoirs, non, sérieusement, nous habitons un lieu qui n'existe pas, il est absolument inutile de le chercher sur les cartes parce qu'il n'existe pas ; c'est là ; un œil rond, un nom, mais ce n'est pas elle ; Lisbonne commence à prendre forme, croyez-moi, avec la distance, elle gagne alors de la profondeur, de la vie et de la vibration ; Luanda embrumée est montée à ma rencontre, le sous-lieutenant médecin a abandonné l'avion, plié sous le poids de trente cinq jours d'angoisse et de joie, et il répétait pour lui-même *Surtout pas d'émotion* (1) comme conseillait Blondin, il répétait à chaque marche *Surtout pas d'émotion Surtout pas d'émotion Surtout pas d'émotion,* la fenêtre de la pension donnait sur le matin confus de Mutamba, j'ai sorti de la valise la photo de ma fille et je l'ai placée entre le téléphone et le verre d'eau, dans cette chambre anonyme qui sentait le désinfectant, le formica et la gomina, je me suis étendu chaussé et en veston sur le couvre-lit, la tulipe en verre du plafond s'est divisée en deux et je me suis endormi.

La nuit surgit trop vite sous les Tropiques, après un crépuscule fugace et inintéressant comme le baiser d'un couple divorcé par consentement mutuel. Les palmiers qui bordent la baie agitaient les rémiges de leurs palmes en vols paresseux. Les chalutiers abandonnaient le quai rôtant le gasoil du dîner, le néon des cabarets de l'île clignait des paupières trop maquillées dans l'appel anxieux desquelles résonnaient les appels des femmes des baraques de tir du Parc Mayer dont les voix rauques ont peuplé mes rêves d'adolescent de croassements effrayants. La chaleur habillait nos gestes de coton poisseux et l'eau parvenait à ébullition dans la plomberie avec des sifflements de geiser. J'ai dîné seul dans un restaurant du Centre, plein d'hommes gras, les cous luisants de

---

(1) En français dans le texte.

sueur comme ceux des bœufs du Minho, et les doigts peuplés de pierre noires ou rouges montées en bague, qui immergeaient dans la soupe aux choux des moustaches de loutres affamées. Un noir bossu essayait sans succès de fourguer de table en table des statuettes taillées au canif aussi vulgaires que si elles étaient en plastique, jusqu'à ce que le serveur le chasse avec la serviette qui lui pendait de l'épaule aussi pleine de taches et de suie qu'un mouchoir de priseur. Un petit vieux chauve, avec une gueule de gargouille, s'abouchait dans un coin avec une mulâtresse protégée de sa voracité par trois rangs de colliers, occupée à dévorer une glace gigantesque, monstrueusement couverte de fruits confits et de crème, surmontée d'une cerise obscène. Un juke-box vomissait en hurlements des pasodobles pour clubs récréatifs paranoïaques, et c'est sur cette toile de fond, suggérant des corridas, qui m'obligeait à beugler dans le combiné des hurlements terribles comme sur une chaise de dentiste, que j'ai téléphoné à l'hôtesse de la T.A.P. qui m'attendait, le Logan's en joue, dans un troisième étage du quartier de la Prenda, moulée dans des jeans si serrés qu'on percevait presque sous la toile la pulsation des veines de ses cuisses. Un chien minuscule qui ressemblait à un rat maigre sur hautes pattes, tendu d'hostilité aiguë est venu aboyer, furieux, à mes talons, et moi, j'ai pensé à l'apporter en cadeau au sous-lieutenant katangais pour le petit déjeuner du dimanche, dans l'aimable but de varier son régime. La fille l'a pris par une patte, l'a jeté à l'intérieur de la cuisine où l'animal est tombé avec un glapissement lancinant de fractures multiples, et elle a fermé la porte d'un coup de pied ; la passe suivante consisterait probablement à m'écraser les testicules d'un coup de genou digne des arts martiaux, et le lendemain on trouverait mon cadavre, horriblement mutilé, au milieu de meubles en désordre et de tessons de bouteille.

« Salut, Modesty Blaise », ai-je dit en me protégeant. Ses seins, sous le tee-shirt imprimé, ressemblaient à deux poires énormes sous une serviette *Coca-Cola* : sans l'uniforme, elle perdait le coefficient de mystère que je persiste à attribuer aux anges par un vice qui m'est resté du catéchisme, même à ceux qui servent des repas sous cellophane dans un couloir d'avion. L'appartement sentait le linge sale et la nourriture en boîte pour chiens, la nuit de l'Afrique entrait par la fenêtre ouverte avec une haleine épaisse d'étable, sur le lit défait un livre de poèmes d'Eluard est venu me promettre, brusquement, un horizon de douceurs insoupçonnées et fragiles chez cette amazone violente, arrivée, vous savez ce que c'est, de je ne sais quel ciel, chargée de la mission spécifique de briser les énervantes colonnes vertébrales des roquets de luxe et de pulvériser les couilles apeurées des guerriers de passage, en transit pour les barbelés et pour la mort, pauvres bêtes en uniforme, cachées dans les cages de bois des casernes.

« Et vous qu'est-ce que vous prenez, Beaux yeux bleus ? » a-t-elle demandé dans un sourire carnivore comme un accordéon qui se déplie et qui m'a fait me souvenir du livre, plein d'images effrayantes, du Petit Chaperon Rouge de mon enfance : c'est pour mieux te manger, mon enfant, et le loup, sortant des draps, une charlotte sur la tête, exhibait ses dents aiguës, et baveuses.

Pour mieux te manger mon enfant, pour mieux te manger mon enfant, pour mieux te manger mon enfant ; sa bouche grandissait, devant moi, concave, gigantesque, sans fond, les ongles rouges augmentaient jusqu'à me gratter la peau, des relents froids de viande crue s'approchaient de moi, la grotte de l'œsophage en forme de puits, où mon corps tel une pierre tomberait avec un bruit de chute, naissait à la racine de jeans de ses cuisses. Le chien minuscule griffait la porte de la cuisine en poussant des cris mélancoliques. J'ai posé mon verre sur une table en rotin sur laquelle le nombril d'un Bouddha pantagruélique se trémoussait en éclats de rire de faïence, et les glaçons qui tintaient me faisaient penser à la cloche que j'avais achetée pour le berceau de ma fille et qui faisait sonner lentement une mélodie sans suite ; à cette heure-là, à la maison, ma femme chauffait le biberon de minuit, la cigarette brûlait dans le cendrier en étain des sérénités bleutés d'encensoir, le confort des silences domestiques polissait les arêtes douloureuses du désespoir, une éternité de rétable médiéval inventait des anges grassouillets sur le plafond. Peut-être le canapé du salon conservait-il encore la marque fugace de mes fesses, et flottait-il un reste dilué de mes traits dans l'eau vide des miroirs, prunelles inertes que l'on oublie. Tout un univers dont je me trouvais cruellement exclu, poursuivait, imperturbable, en mon absence, son petit trot, rythmé par le petit cœur essoufflé du réveille-matin, un robinet quelconque transpirait une goutte perpétuelle dans les ténèbres. La fille a balayé du lit le livre d'Eluard (*Larmes des yeux les malheurs des malheureux*) comme on secoue les miettes d'une nappe, et a glissé nue de ses habits, en agitant sa longue crinière à la façon d'une grande jument avide qui attend, en hennissant, une espèce de vapeur sortant de ses narines ouvertes. A Lisbonne, ma fille, les yeux fermés, commençait son biberon, et ses oreilles, sous la lumière de la lampe, prenaient la transparence rose de la mer d'Antonioni, enroulant sur elle-même des spirales délicates. J'ai enlevé mon pantalon, déboutonné ma chemise, le nombril du Bouddha se moquait de ma maigreur pâle et angoissée, je me suis étendu sur le matelas, honteux de mon pénis flétri qui ne grandissait pas, ne grandissait pas, réduit à une tripe fripée entre les poils roux d'en bas, l'hôtesse l'a pris délicatement entre deux doigts, comme lors d'un dîner de cérémonie, je ne sais si elle était surprise ou chagrinée, BANDE, sale bête, ai-je ordonné en moi-même, ma fille a arrêté le biberon pour son rôt et ses yeux regardaient en dedans, flous, j'ai touché la vulve de la femme qui était molle et tiède et tendre et mouillée, j'ai trouvé le nerf durci du clitoris et elle a poussé un petit soupir de bouilloire du bout des lèvres. Pour l'amour de Dieu bande donc, ai-je supplié, en regardant de biais ma bite morte, ne me fais pas honte et bande, pour l'amour du ciel, bande, bande, merde, bande donc, ma femme changeait les langes, l'épingle à nourrice dans la bouche, le lieutenant devait parler de sa bonne à l'aumônier atterré qui se signait, les cercueils rangés attendaient que je me couche, obéissant, dans leur doublure de plomb, la jeune femme a cessé de m'embrasser, elle s'est appuyée sur un coude comme les gisants des tombes étrusques, elle m'a passé la main sur le visage et a demandé : « Qu'est-ce qui ne va pas, Beaux yeux bleus ? » J'ai haussé les épaules, j'ai roulé à plat ventre sur le drap et j'ai éclaté en sanglots.

N

Après avoir couru affolé sur le goudron, agitant les ailes avec l'anxiété d'un asthmatique qui cherche de l'air, le Nord Atlas s'est détaché difficilement de la piste dans un vol désordonné et tordu de perdrix frottant des grosses plumes de son ventre le toit en zinc des bidonvilles où la misère des hommes et des chiens se noyait dans une humidité chaude de lessive. Coincé contre les autres sur l'unique long banc de l'avion entre les caisses, les ballots, les sacs et les valises (« mon pays dans la gare d'Austerlitz ») (1), moi, émigrant forcé de la guerre, de retour au bidonville des barbelés, je regardais, par les fenêtres étroites de l'avion, l'Ile de Luanda qui se rétrécissait au loin, la ville vidée de son volume, subitement toute petite, la mer de verre de la baie, les rues miniaturisées qui se tordaient, se superposaient et se croisaient comme des anguilles dans un panier, le Quartier de Prenda de ma déroute où l'exécrable chien devait glapir de joie autour d'un drap sans tache. J'avais fini par cacher ma honte dans mon slip aux premières heures du jour, observé par la pitié amusée de la femme, et je m'étais introduit de travers dans l'ascenseur comme un passager clandestin qui s'évade, désappointé, d'un bateau qui n'a pas quitté le quai, jusqu'à ce qu'un taxi balaye mes restes dans la pension de Mutamba dont le

(1) Citation d'un poème de Manuel Alegre sur les émigrants.

néon laiteux tremblait des derniers râles de serpent qui agonise. La négresse énorme qui tombait de sommeil à l'entrée, devant le panneau des clés, a levé vers moi une paupière indifférente d'hippopotame dans laquelle j'ai cru percevoir la lueur fugitive d'un sarcasme. Et en entrant dans la chambre, j'ai eu envie de cracher dans un verre d'eau le corail de mon dentier qui me ferait accepter avec moins de souffrance mon échec, mais mes molaires s'entêtaient à demeurer collées aux gencives, dans le miroir mon front n'avait pas encore de rides et j'arriverai probablement à l'an deux mille avec ma prostate tranquille et une marge de futur suffisante pour jardiner l'espoir. De sorte que j'ai fermé la fenêtre, baissé le store, et j'ai commencé à raconter, mentalement à la lampe au plafond l'histoire de cet irrémédiable naufragé que je sentais en moi, de temps en temps.

Nous étions environ vingt militaires qui retournaient vers l'Est, fumant en silence, sur le banc de bois, les traits que toute expression avait désertés, comme sur les photomaton, où, derrière les prunelles, on ne devine pas le moindre soupçon d'émotion, et j'ai pensé que je vivais depuis un an derrière les barbelés avec les mêmes hommes sans même les connaître, mangeant la même nourriture et dormant d'un même sommeil inquiet, entrecoupé de sursauts et de sueur, unis par une même bizarre solidarité, identique à celle qui fait confraterniser les malades dans les infirmeries d'hôpitaux faite, comme vous savez, de la peur, de la panique commune de la mort, faite de l'envie féroce de ceux qui poursuivent au-dehors une quotidienneté sans menaces ni angoisses à laquelle on souhaite désespérément retourner, pour échapper à l'absurde paralysie de la souffrance ; je vivais depuis une année avec les mêmes hommes et nous ne savions rien les uns des autres, nous ne déchiffrions rien dans les orbites vides des uns et des autres, le visage avec lequel nous sortions en forêt était rigoureusement le même que celui avec lequel nous en revenions, seulement un peu plus fripé et couvert de la mousse verte de la barbe, les voix avaient le timbre neutre et anonyme des interphones, les rares sourires ressemblaient aux flammes des bougies éteintes dont parle Lewis Caroll ; on aurait dit des corps couchés dans les chambrées, qu'ils étaient fabriqués dans un même moule, pressé et gris dans lequel on avait oublié d'inclure, au répertoire de nos muscles, les brusques gestes de la joie.

Peu à peu, l'usure de la guerre, le paysage toujours pareil, de sable et de maigres bosquets, les longs mois tristes de crachin qui jaunissaient le ciel et la nuit d'un même iode que celui des daguérrotypes déteints, tout cela nous avait transformé en des sortes d'insectes indifférents, mécanisés pour un quotidien fait d'attente sans espoir, assis de longs après-midis de suite sur les chaises en planches de tonneaux ou sur les marches de l'ancien poste d'administration en train de fixer du regard les calendriers excessivement lents où les mois s'attardaient avec une lenteur affolante et les jours bissextiles, plein d'heures, enflaient, immobiles, autour de nous, comme de grands ventres pourris qui nous emprisonnaient sans salut possible. Nous étions des poissons, vous comprenez, des poissons muets dans des aquariums de toile et de métal, simultanément féroces et doux, entraînés à mourir sans protester, à nous coucher sans protester dans les cercueils de l'armée, où l'on nous enfermerait au chalumeau, et où on nous couvrirait du drapeau national pour nous renvoyer en Europe dans les cales des bateaux, la médaille d'identification dans la bouche pour nous empêcher d'avoir la vélléité du moindre cri de révolte. De sorte qu'on m'a vu revenir à Chiume sans surprise, et aucun officier n'a levé le menton de son assiette au déjeuner, quand je me suis assis pour manger, parmi eux, entre le capitaine et le Katangais qui souriait à tout le monde sans trouver de réponse, de son rire cruel de lion de pierre pour façades primées à un concours d'architecture. Le lecteur de cassettes du sous-lieutenant Eleutério jouait la quatrième symphonie de Beethoven et c'était comme si la musique résonnait à une fenêtre déserte, au-delà de laquelle, sans rideaux, la savanne dépliait interminablement les plis de son côté, une musique qui se prolongerait en écho d'elle-même de la même façon que dans les pianos fermés persistent à habiter les mesures ténues d'une ancienne valse, aussi vieille et hésitante que les horloges du couloir. Nous étions des poissons, nous sommes des poissons, nous avons toujours été des poissons, en équilibre entre deux eaux à la recherche d'un impossible compromis entre la révolte et la résignation, nés sous le signe de la Jeunesse Portugaise et de son patriotisme véhément et stupide de pacotille, nourri culturellement par la ligne de chemin de fer de Beira Baixa, les fleuves du Mozambique et les montagnes du système galaico-duriense (1), épiés par les mille yeux féroces de la P.I.D.E., condamnés à la consommation de journaux que la censure réduisait à des louanges mélancoliques, avec des relents de sacristie provinciale, de l'*Estado Novo* et enfin jetés dans la violence paranoïaque de la guerre, au son de marches guerrières et des discours héroïques de ceux qui restaient à Lisbonne et qui combattaient, qui combattaient vaillamment le communisme chez les foyers protégés par le curé pendant que nous, les poissons, mourions dans ces trous perdus, les uns après les autres, on trébuchait sur un fil, une grenade sautait et nous coupait en deux, crac ! l'infirmier assis sur le chemin fixait stupéfait ses propres intestins qu'il tenait dans ses mains, une chose jaune et grasse, répugnante et chaude dans les mains, le mitrailleur, la gorge percée continuait à tirer, on arrivait sans envie de combattre quiconque, perclus de peur, et après le premier mort on sortait dans la jungle poussés par la rage et l'envie de venger la jambe de Ferreira et le

(1) Ensemble de notions apprises à l'école primaire au Portugal du temps du salazarisme.

corps mou et soudain désossé de Macaco, les prisonniers étaient des vieux ou des femmes, squelettiques, moins lestes pour fuire, concaves de faim, le M.P.L.A. laissait des messages dans les sillons disant Déserte, mais pour aller où, puisqu'il n'y avait que du sable tout autour, Déserte, les types passaient de la Zambie vers l'intérieur et ne s'arrêtaient de temps à autre que pour dynamiter les ponts sur les rivières, un jour après une attaque j'ai trouvé un insigne métallique du M.P.L.A. sur la piste d'aviation et je suis resté à le regarder comme Lourenço fixait ses tripes qui s'échappaient de son ventre, le caporal m'a montré une lettre tombée sur un arbuste *I love to show you my entire body*, expliquait une Anglaise à un Angolais qui, la veille, nous avait mitraillé dans le noir avec des armes tchèques légères au son aigu et bref, des médecins suédois travaillaient dans le Chalala Nengo à peu de kilomètres de nous, le Chalala Nengo que les T6 bombardaient au napalm et qui résistait, Un de ces quatre, mes amis, vous vous réveillez de bonne humeur, vous y allez d'un coup d'aile et vous détruisez tout ça, disait pour nous encourager le colonel optimiste, le treillis de camouflage bien repassé, venu de Luanda pour nous stimuler avec la bonne parole de ses conseils et de ses menaces, Passe devant, toi, sale connard, répondait indigné le lieutenant entre les dents. Si vous voulez changer, allez dans un endroit meilleur, il faut nous montrer des résultats qui en soient : des mines, des révolutionnaires, de la dynamite, le commandant, comme affligé, haussait les épaules dans un tic, petit, ridicule, presque touchant à force d'embarras, il indiquait sur la carte l'étendue de la zone qui nous incombait, bégayait Mon colonel, Mon colonel, Mon colonel, du Mondego à l'Algarve pour cinq cents hommes mal nourris de poisson presque pourri, de viande en mauvais état, d'os de poulet, usés par le paludisme et la fatigue, buvant l'eau qui tombait goutte à goutte, boueuse, des filtres, la bière était finie, le tabac était fini, les allumettes étaient finies, il n'y avait même pas d'allumettes à

Luso pour nous, Un matin, mes amis, vous vous réveillez de bonne humeur, garantissait le colonel, et vous emportez tout devant vous, d'ailleurs il vaudrait mieux que cela arrive le plus vite possible puisque vous avez très peu réussi jusqu'à maintenant, le commandant, écrasé, faisait tourner son képi dans la main, Ce con-là va finir par se mettre à pleurer devant cet âne, prévoyait, tout bas, le lieutenant, J'en ai marre de cette merde, pour l'amour de Dieu, trouvez-moi une maladie quelconque; Déserte criait le papier du M.P.L.A., Déserte, Déserte, Déserte, Déserte, DESERTE, la speakerine de la radio de la Zambie demandait aux soldats portugais : « Pourquoi luttes-tu contre tes frères ? » mais c'était contre nous-mêmes que nous luttions, contre nous-mêmes que nos propres fusils se tournaient *I love to show you my entire body*, et moi j'avais déjà oublié de nouveau ton corps, les cuisses écartées, dans la chambre du grenier où j'avais vécu tout un mois, oublié le parfum, le goût, l'élasticité suave de ta peau, j'avais déjà oublié le son de ta voix, ton sourire, tes yeux égyptiens ironiques et tendres, tes seins lourds, tes cheveux sur l'oreiller, tes doigts de pieds parfaits, le capitaine est arrivé de la brousse avec une kalachnikov sous le bras et a dit : Le type était de dos en train de surveiller les labours, il ne nous a même pas vus nous approcher, nous allons tous nous réveiller de bonne humeur demain et gagner la guerre, vive-le-Portugal, qu'importe le brouillard du crachin jusqu'aux os puisque angolaestànous et les dames du Mouvement National Féminin s'intéressent à nous avec dévouement, voilà dix aérogrammes et va te faire voir, vous comprenez ce que c'est que vouloir faire l'amour et ne pas avoir avec qui, la misère que c'est d'avoir à se masturber sans penser à rien, tirer la peau vers le haut et vers le bas, jusqu'à une espèce d'évanouissement cloche, un peu de liquide et c'est fini, s'essuyer les doigts au slip, fermer la braguette et sortir pour la revue, Marchez lentement et décontractés, Elèves-officiers, ordonnait le sous-lieutenant pendant les classes à Mafra, couvent absurde, monstrueux, idiot, crétin, Mesdames et Messieurs, pardon, Messieurs les officiers : l'Ensemble Vera Cruz et son chanteur Tó Mané vous souhaitent Messieurs une fin de soirée heureuse, le type au microphone écorchait des boleros poussiéreux des 78 tours, la brillantine des mèches brillait, le sapeur a tourné sa chaise vers le chapelain, s'est fendu d'un sourire et a demandé Voulez-vous, Mademoiselle, m'accorder cette danse ? la première anti-char a éclaté une colonne qu'il commandait et je suis allé dans la jungle en hélicoptère chercher ses blessés, un Médecin et du sang, un Médecin et du sang, un Médecin et du sang, demandait la radio, des donneurs faisant la queue le bras retroussé à l'entrée du poste, des naufragés inertes sur les brancards, les paupières fermées, respirant à peine par les coins des lèvres, la nuit les chiens sauvages aboyaient autour des barbelés, Vous les entendez ces types, murmurait le lieutenant et son haleine chaude s'éparpillait dans mon oreille, comme il n'y a pas d'allumettes on allume les cigarettes les unes aux autres, Montrez des résultats qui en soient, discourait le colonel et nous n'avions à exhiber que des jambes amputées, des cercueils, des morts, des hépatites, des paludismes, des véhicules transformés en accordéons, le Général a péroré depuis Luso : Les Berliets valent de l'or, sondez tout le trajet, trois hommes de chaque côté exploraient le sable devant les voitures, puisqu'une camionnette était plus nécessaire et plus chère qu'un homme, un fils se fait en cinq minutes et gratis, n'est-ce pas, ce n'est pas le cas pour une voiture qui prend des semaines et des mois de montage, d'ailleurs il y avait encore des tas de gens dans le pays à envoyer en bateau en Angola, même si l'on décomptait les fils des gens importants et les protégés des maîtresses des gens importants, qui ne viendraient jamais : le pédé de rejeton d'un ministre a été déclaré psychologiquement incompatible avec l'armée, Vous les entendez ces types, sussurait le lieutenant montrant les ombres, Mon cher amour me voici à nouveau à Chiume après un voyage sans problème et ici tu sais ce que c'est, toujours pareil, un peu isolé, mais tranquille, au fond c'est comme si on habitait pendant deux ans à Vila Real ou à Espinho ou dans un hameau de l'Alentejo, avec ici l'avantage de pouvoir raconter à notre fille que j'ai causé avec dez zèbres et des éléphants en zébrois et en éléphantois, tous les après-midis j'écrivais de ridicules mensonges joviaux à une femme sans corps, avec dans ma poche ta photo en couleur assise sur un rocher au bord de la mer, les cheveux courts, des lunettes noires, les jambes croisées, une robe à fleurs rouges et c'est toi et ce n'est pas toi qui sur la photo me sourit, angolaestànous, Monsieur le Président et vivelapatrie, évidemment nous sommes, et avec quelle fierté orgueilleuse, les descendants légitimes des Magellan, des Cabral et des Vasco de Gama et la glorieuse mission que nous accomplissons avec panache selon, Monsieur le Président, ce que vous venez de déclarer dans votre très remarquable discours, leur est semblable, il ne nous manque que les grandes barbes grises et le scorbut, mais du train où vont les choses je veux bien être pendu si nous n'y arrivons pas, et puisque nous en parlons, si vous me le permettez, dites-moi pourquoi les fils de vos ministres et de vos eunuques, de vos eunuques ministres et de vos ministres eunuques, de vos minieuques et de vos eunistres, ne viennent pas foutre leur gueule sur ce sable comme nous, le capitaine a posé la kalachnikov contre le mur et nous sommes restés là, surpris, à la regarder, Finalement voilà, c'est ça l'aspect de notre mort, a demandé un sous-lieutenant, Docteur il faut que vous alliez dans la jungle, parce qu'on a mis les pieds sur une antipersonnel dans une ornière, six kilomètres de Mercedes à toute pompe, et soudain le peloton dans une clairière, le caporal Paulo, couché, gémissant, et, en dessous du genou, après une pâte pétrie de sang, rien, rien Monsieur le Président et Messieurs les Eunuques, rien, imaginez Monsieur le Président, ce que c'est que de voir disparaître brusquement des bouts de soi-même, les descendants légitimes des

Cabral et des Gama disparaissant par fractions : une cheville, un bras, un bout de tripe, les couilles, mes chères petites couilles évaporées ; il est décédé au combat explique le journal, mais est-ce cela décéder, sales fils de putain ! Moi, je les aidais à décéder avec mes médicaments inutiles et leurs yeux protestaient, protestaient, ils ne comprenaient pas et ils protestaient, est-ce décéder, cette incompréhension, cette surprise, la bouche ouverte, les bras ballants, on a couvert les bombes au napalm avec une toile cirée et le Gouvernement a solennellement affirmé : En aucun cas nous n'aurions recours à un si cruel moyen d'extermination ; j'ai vu couvrir ces bombes à Gago Coutinho ; j'ai demandé un garrot à l'infirmier et tout de suite après je me suis rappelé que chaque fois que je mets un garrot il y en a qui meurent d'embolie à Luso, de sorte que j'ai commencé à chercher l'artère pour faire une ligature, un fourrier épiait par-dessus mon épaule comme un gamin derrière un mur qui le protège, il était difficile de pincer le vaisseau au milieu de tant de muscles et de tant de sang, comment est ton corps, comment est ton sourire, comment sont tes cheveux sur l'oreiller, tu me réveillais le matin avec la chaleur du pain grillé et tes cuisses entre les miennes, quand tu marchais tes fesses me rendaient fou de désir, ta manière de rouler les hanches, ta façon lente d'embrasser, Chers Parents, ici, à Chiume, les choses se passent le mieux possible, dans le mieux possible qu'il est possible, il n'y a aucune raison de vous inquiéter, j'ai même grossi d'un kilo depuis que je suis arrivé, et je commence à ressembler physiquement à un missionnaire irlandais ou à un milieu de terrain d'ouverture du pays de Galles, le *soba* caressait sa machine à coudre inutile avec des yeux de pietà douloureuse, les éperviers convoitaient les poussins du village noir en cercles rusés, lents, tendus de gourmandise, des nuages d'orage s'épaississaient au-dessus de la plaine, les tendons du vent se contractaient et se distendaient soufflant sur le sable, le bateau du Mississippi du *soba* s'ornait d'une rouille brune, j'ai appliqué un gros bouchon de compresses sur le moignon pour l'empêcher de saigner, le fourrier vomissait par à-coups, enlacé à son arme, nous enlacions nos fusils comme des noyés enlacent des bouts de bois dérisoires, C'est donc ça l'aspect de notre mort, interrogeait le sous-lieutenant montrant la kalachnikov contre le mur, l'aspect de notre mort ce sont ces arbustes minables, cet homme prostré, couleur de cendre, qui délire, le commandant du peloton sifflait de fureur, Cher Docteur Salazar si vous étiez vivant et ici je vous enfilerai une grenade dégoupillée dans le cul, une grenade défensive dégoupillée dans le cul, j'ai injecté une seconde ampoule de morphine dans le deltoïde, Après tout ce travail, ne patine pas, de Chiume on a informé que l'hélicoptère avait décollé de Gago Coutinho avec un peu plus de sang à bord, je t'aime, j'aime tes mains pleines de bagues et tes jambes maigres qui s'enroulent autour des miennes pareilles à des colliers à plusieurs rangs, j'aime jouer à la crapette avec toi sur le lit défait, et la triche que nous faisons tous deux et que nous savons que l'autre fait pour gagner, un de ces jours je me fais photographier et vous vérifierez très étonnés que j'ai grossi, encore deux coramines et trois sympatols dans l'espoir que le pouls ne s'enfuira pas, de mes doigts, cœur d'oiseau, rapide et ténu. Marche lentement et à l'aise, haletait le sous-lieutenant d'Ericeira, une file d'élèves officiers exténués de chaque côté de la chaussée sous la pluie glacée de mars, l'ensemble Vera Cruz souhaite à Messieurs les Officiers une fin de soirée reposante et heureuse, il n'y a aucune raison de s'inquiéter pour moi, cette jambe détruite n'est pas encore ma jambe et pour ainsi dire je suis encore, si je puis m'exprimer ainsi, plus ou moins vivant, le colonel à Luanda devait se plaindre auprès du brigadier que nous décédions trop, l'hélicoptère a disparu au-dessus de la forêt, toctoctoctoctoctoc, nous nous sommes mis debout pour repartir, nous avons ramassé par terre les bâches, les cartouchières, les gourdes et les sacs à dos, le peloton s'est formé en file indienne et nous avons remarqué en nous comptant qu'il manquait le fourrier qui vomissait, il était assis, tout près, sur son G 3, les mains sous le menton, je l'ai appelé, je l'ai rappelé, j'ai fini par le secouer par les épaules et il a levé vers moi des yeux de somnambule qui vient de très loin et il a répondu d'une douce voix d'enfant : Ne perdez pas de temps avec moi car j'en ai tellement marre de cette guerre que même à coups de fusil je ne partirai pas d'ici.

O

Lisbonne, même à cette heure-ci, est une ville aussi dépourvue de mystère qu'une plage de nudistes où le soleil révélateur souligne brutalement des fesses plates et des poitrines sans cone d'ombre pour leur donner du relief, que la mer semble abandonner sur le sable comme des galets sans arêtes à marée basse. Une nuit d'étude de notaire où dans des draps de papier timbré ronfle timidement une population de troisième clercs résignés, transforme les maisons et les immeubles en caveaux de famille tristes, à l'intérieur desquels des couples aigris oublient pendant quelques heures leurs minuscules querelles, pour ressembler à des statues de gisants en pyjama à rayures, que le réveille-matin au chevet du lit poussera bientôt vers leur quotidienneté frénétique et grise. Au parc Eduardo VII, les homosexuels surgissent des ténèbres à l'approche des voitures offrant derrière les arbustes des mines affectées de méduse de plastique et la vibration de cils de leurs paupières myopes dont l'excès de rimmel souligne les promesses douteuses. De l'autre côté de la rue, le Palais de Justice, qui n'est pas encore envahi par les sourires rouillés de caries des prostituées qui partagent avec les insectes la douche de lumière pâle des réverbères des alentours, remplissait une espèce de plate-forme de gazon de son immense volume réprobateur : là-dedans, devant un juge indifférent, occupé à palper soigneusement le furoncle de son cou, mon mariage finira sans grandeur ni gloire, après plusieurs mois faits de retrouvailles et de séparations lancinantes qui ont mis en lambeaux d'angoisse ce qui me restait d'un long hiver de peine. Nous nous sommes séparés, vous savez ce que c'est, dans la paix faite de soulagement et remords, et nous nous sommes dits au revoir dans l'ascenseur, comme deux étrangers, échangeant un dernier baiser où il y avait encore un zeste mal digéré de désespoir. Je ne sais pas s'il vous est arrivé la même chose à vous, si par hasard vous avez connu l'agonie des week-ends clandestins dans des auberges au bord de la mer, dans un désordre de vagues couleur de plomb, écrasées contre le ciment écaillé du balcon, et les dunes qui touchent le ciel nuageux et bas identique à un plafond au stuc déchiqueté, si vous avez étreint un corps qu'à la fois on aime et qu'on n'aime pas, dans la hâte anxieuse des petits singes qui s'accrochent aux poils indifférents de leurs mères, si vous avez fait sans grande conviction des promesses précipitées, découlant beaucoup plus de la panique de votre angoisse que d'une véritable tendresse généreuse. Pendant un an, vous comprenez, j'ai trébuché de maison en maison, de femme en femme, dans une frénésie de gosse aveugle qui tâtonne derrière le bras qui lui échappe, et je me suis réveillé souvent, tout seul, dans des chambres d'hôtel impersonnelles comme des visages de psychanalystes, uni par un téléphone sans chiffres à l'amabilité vaguement méfiante de la réception, aux yeux de qui mon bagage réduit me rendait suspect. J'ai abîmé mes dents et mon estomac dans des restaurants, tous semblables à des buffets de gare, où la nourriture sent le charbon et les mouchoirs humides de la morve nostalgique des départs. J'ai fréquenté des séances de cinéma de minuit, la nuque crispée par la toux du type solitaire assis derrière moi, qui lisait les sous-titres à haute voix pour s'inventer une compagnie et j'ai découvert, un après-midi, assis à une terrasse d'Algès (1) en présence des bulles d'une bouteille d'eau gazeuse que j'étais mort, comprenez-vous, mort comme les suicidés du viaduc que nous croisons de temps en temps dans la rue, pâles, dignes, le journal plié sous l'aisselle, qui ignorent qu'ils sont morts et dont les haleines sentent la boulette de viande accompagnée de purée, et trente ans de fonctionnariat exemplaire.

Ne sentez-vous pas une sorte de choc intérieur devant les vitrines éteintes, identiques à l'œil absent des strabiques ? Petit, j'imaginais très souvent, couché sur mon lit, les muscles tendus par la peur de m'endormir, que tout le monde disparaissait de la ville et que je circulais dans les rues vides poursuivi par les orbites creuses des statues qui me guettaient avec l'implacable férocité inerte des choses, pétrifiées dans l'attitude artificielle et pompeuse des photographies de l'époque héroïque, ou alors j'évitais les arbres dont les feuilles tremblaient dans une inquiétude marine d'écailles, et, même encore aujourd'hui, vous savez, je continue à me croire tout seul dans la nuit de ces places, de ces mélancoliques avenues sans grandeur, de ces transversales secondaires, comme des affluents, qui traînent avec elles des mercières banlieusardes et des coiffeurs décrépits, Salon Nelinha, Salon Pereira, Salon Pérola do Faial, exhibant des modèles de coiffure découpés dans des journaux de mode et collés aux carreaux de leurs fenêtres. Chez moi, la moquette boit le son de mes pas et me réduit au faible écho d'une ombre et j'ai l'impression, en me rasant, que lorsque la lame m'enlèvera des joues les favoris à la Père Noël mentholés de mousse, il ne restera de moi que les orbites qui flotteront, suspendues, dans le miroir, cherchant anxieusement le corps qu'elles ont perdu.

Comme à Chiume, vous comprenez, pour la Noël 1971, le

---

(1) Banlieue populaire de Lisbonne au bord du Tage.

premier Noël de guerre après presque une année de brousse, une année de désespoir, d'expectative et de mort dans la brousse ce matin-là je me suis réveillé et j'ai pensé Aujourd'hui c'est le jour de Noël j'ai regardé au-dehors et rien n'avait changé dans la caserne, les mêmes tentes, les mêmes véhicules en cercle près de la clôture, le même bâtiment abandonné qu'une grenade de bazooka avait détruit, les mêmes hommes lents trébuchant sur le sable ou accroupis sur les marches délabrées du mess des sergents, grattant, en silence, les champignons de la peau des coudes comme des mendiants aux marches des églises. Je me suis réveillé le matin et j'ai pensé Aujourd'hui c'est le jour de Noël, et j'ai vu le ciel d'orage du côté de la rivière Quando et l'éternel lundi, habituel, dans la fatigue des gestes la chaleur coulait dans mon dos à grosses gouttes poisseuses de graisse, et je me suis dit à moi-même C'est pas possible, il y a quelque chose qui ne va pas dans tout cela, le pyjama trop large ne semblait contenir en lui aucune chair ni aucun os et j'ai trouvé que je n'existais plus, mon torse, mes membres, mes pieds, je n'existais pas à l'exception d'une paire de prunelles clignotantes qui épiaient, surprises, la plaine rase, et au-delà les arbres accumulés en direction du Nord par où arrivait l'avion de la nourriture fraîche et du courrier, je n'étais que ces prunelles étonnées qui regardaient fixement et que je retrouve aujourd'hui, vieillies et décolorées, dans le miroir de ma salle de bains, après le frisson aux épaules de la première urine, vociférant à mon propre reflet un appel muet, sans réponse.

Une colonne composée d'une compagnie de parachutistes était partie quelques jours auparavant appuyée par des hélicoptères sud-africains, venus de Quito-Quanavale pour une opération excessive et inutile dans les terres des Luchaz (1) et toutes les nuits les pilotes, énormes, blonds, arrogants, se saoûlaient avec fracas,

(1) Ethnie angolaise, dont les tribus étaient révolutionnaires pendant la guerre.

cassant des verres et des bouteilles et écorchant des chansons en afrikander, commandés par un David Niven qui aurait oublié son régime et qui considérait avec une indulgence de nurse ses subordonnés qui vomissaient de la bière en se soutenant les uns les autres, verts d'angoisse et d'agonie :

« *If you worry you die. If you don't worry you die. So why worry ?* »

Les officiers parachutistes, stricts et graves comme des séminaristes laïques, enlaçant leurs armes contre leurs corps comme des crucifix, regardaient avec réprobation ce pandémonium de rôts et de tessons en remuant silencieusement leurs lèvres, et récitaient des Notre Père militaires. Le capitaine, chez qui logeait l'esprit *Modes et Travaux* d'une fée du logis minutieuse, papillonnait très préoccupé, autour de la vaisselle encore intacte, en lançant aux verres et aux assiettes des coups d'œil égarés par une passion sans espoir. Le sous-lieutenant Eleutério, ridé comme un fœtus écoutait dans un coin son Beethoven, le Katangais glissait vers le village noir à la recherche d'une brochette de rats et moi, adossé au chambranle, j'assistais aux ellipses des chauves-souris autour des lampes sans rien entendre, sans penser à rien, sans rien souhaiter, certain que ma vie se résumerait désormais à l'ovale des barbelés où je me trouvais, sous un ciel bas de pluie ou de crachin, en train de causer avec le *soba* à l'ombre de la machine à coudre monumentale, à écouter des histoires de crocodiles d'un temps jadis plus heureux.

L'impertinence brutale des Sud-Africains qui nous jugeaient un peu comme si nous étions des métis tolérables allumait en moi à l'instar de Manuelinho d'Evora une flamme croissante de révolte, que nourrissait la sauvagerie des types de la P.I.D.E. et des discours patriotiques abjectes de la radio. Les politiciens de Lisbonne m'apparaissaient comme des marionnettes criminelles ou imbéciles défendant des intérêts qui n'étaient pas les miens et qui le seraient de moins en moins, et préparant simultanément leur propre défaite : Ces hommes savaient bien qu'eux et leurs fils ne combattaient pas, ils savaient bien d'où venait celui qui pourrissait dans la jungle, ils avaient trop tué, trop vu mourir pour que le cauchemar puisse se prolonger encore longtemps, les fusilliers avaient défilé une nuit dans le Quartier Général à Luso entonnant des insultes, tous les après-midis nous écoutions l'émission du M.P.L.A. en cachette, nous nourrissions nos femmes et nos enfants avec des salaires de misère, trop d'estropiés boitaient en fin de journée à Lisbonne, dans les environs de l'annexe de l'Hôpital Militaire, et chaque moignon était un cri de révolte contre l'absurdité incroyable des balles. Plus tard nous avons connu l'hostilité des blancs d'Angola, des gros fermiers et des industriels d'Angola, reclus dans leurs villas gigantesques bourrées de fausses antiquités, dont ils sortaient pour consommer des prostituées brésiliennes dans les cabarets de l'île, entre des seaux de très mauvais champagne national et des baisers sonores comme des ventouses à déboucher les W.-C. :

« Si vous n'étiez pas là, nous nettoierions tous les noirs d'ici en un clin d'œil. »

Salauds, pensai-je en buvant des *cuba-libres* solitaires au comptoir, salauds gras et suant, richards de merde, trafiquants d'esclaves, et j'enviais les rires que les femmes chuchotaient aux poils de leurs oreilles, les enlacements de leurs épaules rondes, les nuages épais de parfum que leurs aisselles et leurs aines dégageaient comme un encensoir, au plus petit geste, le lit XVIIIe où ils les coucheraient à l'approche de l'aube dans un décor de miroirs ternis, de caoutchoucs en pot et de petits chiens Ming, aux maxillaires horriblement tordus par des rages de dents de porcelaine, comme mon visage se tordait d'incrédulité à Chiume, en ce petit matin de Noël, identique à tous les petits matins que j'avais connus en Afrique pendant que je regardais les soldats qui causaient de l'autre côté de la cour sur les marches du mess des sergents et que je voyais les nuages de pluie qui grossissaient au-dessus du Quando avançant vers moi en énormes rouleaux de basalte lourds d'une menace de tempête.

Non, c'est tout près, j'habite un peu plus loin, dans cette rangée d'immeubles verts très laids, à qui la nuit confère, par un étrange miracle, la profonde dignité raide d'une abbaye à la hauteur de ma lignée de commerçants portant moustache et chaîne de montre qui font face à l'objectif avec une méfiance bovine faite de peur et de respect superstitieux. A cette époque-là, même à travers un appareil sur un trépied on croyait en Dieu, un être barbu et sévère, sexagénaire en tunique, sandales et coiffé avec une raie au milieu, qui gérait une entreprise de martyrs et de saints aussi compliquée que des Grands Magasins en distribuant des péchés, des bulles, des absolutions et des passeports pour l'Enfer par l'intermédiaire de ses chargés d'affaires terrestres, appelés Prêtres, qui transmettaient, le dimanche, à la direction de l'entreprise des télex en latin. Ces maisons, vous ne trouvez pas, sont, d'ailleurs, construites à la mesure de nos ambitions carrées et de nos tout petits sentiments : l'humidité s'infiltre, tout se gondole, la tuyauterie bouchée gargouille des rôts, les moquettes se décollent, d'inévitables courants d'air sifflent par les fentes, mais nous achetons des meubles à Sintra pour cacher nos misères et nos taches derrière des volutes baroques que l'on prétend anciennes, de la même façon que nous habillons notre égoïsme étroit des apparences d'une générosité vindicative. Mon Père avait l'habitude de me raconter que le roi Philippe II avait dit à l'architecte de l'Escurial Faisons quelque chose qui fera dire au monde que nous étions fous. Eh, bien, dans ce cas l'ordre reçu par le type grassouillet avec un casque et un cure-dent, qui a présidé à l'édification de ces monstres abscons, sorte de cages prétentieuses, a dû être : Faisons quelque chose qui fera dire au monde que nous étions mongoloïdes. Et, en effet, les voisins qui se compriment avec moi dans l'ascenseur exigu ont la bouche ouverte, les cornées ternies, la peau jaune et le rire d'incompréhension gaie des êtres trop quotidiens pour être véritablement malheureux qui traversent le désert des week-ends devant des appareils de télévision en buvant avec une paille le jus de leur médiocrité. Moi qui conserve, par miracle, un fragile résidu d'inquiétudes métaphysiques, je me réveille le matin avec une sciatique à l'âme, que les pas de l'étage au-dessus broient cruellement, et l'intelligence rouillée par plusieurs heures de prison dans cet appartement insidieusement préparé pour me transformer en fonctionnaire exténué chargé d'une serviette contenant *Sélections,* le thermos de café au lait pour de déjeuner et le pot de gelée royale dont l'étiquette me promet la jeunesse illusoire d'une érection occasionnelle.

C'était donc le jour de Noël à Chiume et rien n'avait changé. Personne de ma famille n'y était avec moi, la maison du grand-père avec son jardin parsemé de statues de faïence, le lac d'azulejos et la serre qui prolongeait la salle à manger, restait douloureusement ancrée à Benfica, derrière le portail couleur de brique et la cour pleine des automobiles des visites, les gens, endimanchés, devaient être en train d'arriver pour le déjeuner, les anciennes bonnes de mon enfance servaient les tasses de consommé, d'ici peu ma grand-mère demanderait à un petit-fils d'appeler le personnel pour lui distribuer des paquets mous constellés d'étoiles argentées (des bas, des sous-vêtements, des chandails, des caleçons longs) avec une pompe lente comme une remise de prix Nobel. Assis sur le lit, face à l'étendue vert-jaune de la plaine et à l'orage qui enflait sur le Quando, je me suis souvenu des Tantes très vieilles dans les appartements énormes de la rue Alexandre Herculano et de la rue Barata Salgueiro, plongées dans une éternelle pénombre où brillaient des verres à Porto et des théières : tante Mimi, tante Bilou, un monsieur malade qui bavait ses interjections dans un fauteuil, des messieurs âgés qui étiraient une mèche d'une oreille à l'autre afin de cacher leur calvitie et qui me pinçaient la joue de deux doigts distraits, des pianos droits, la photo signée du dernier roi du Portugal, des boîtes en fer pour les biscuits avec des scènes de chasse sur le couvercle, le passé, vous savez ce que c'est, me venait à la mémoire comme un déjeuner mal digéré nous monte à la gorge en reflux amers : l'oncle Eloi qui remontait les pendules, la mer féroce de la Praia das Maçãs en automne cognant la muraille, les gros doigts du fermier soudain délicats pour inventer une fleur. J'avais sauté sans transition de ma communion solennelle à la guerre, pensais-je en boutonnant mon treillis de camouflage, on m'a obligé à me confronter à une mort qui n'avait rien de commun avec la mort aseptisée des hôpitaux, une agonie d'inconnus qui ne faisait qu'augmenter et renforcer ma certitude d'être en vie et mon agréable condition de créature angélique et éternelle, et on m'a offert le vertige de ma propre fin dans la fin de ceux qui mangeaient avec moi, dormaient avec moi, parlaient avec moi, occupaient avec moi les nids des tranchées pendant le tir des attaques.

Une agitation de silhouettes et de voix a bouillonné dans le village noir, s'est approchée et a pris forme : mes oncles, mes frères, mes cousins, le chauffeur de ma grand-mère maniéré et très délicat, les messieurs aux mèches d'une oreille à l'autre, le fermier, le monsieur malade dans un fauteuil, en uniforme, éreintés, sales, l'arme à l'épaule, arrivaient d'une opération dans la brousse et se dirigeaient vers l'infirmerie en transportant sur une toile de tente, entre deux bâtons, mon corps désarticulé et inerte avec un garrot à la cuisse réduite à une enflure sanguinolente. Je me suis reconnu comme dans un miroir excessivement fidèle en examinant mes propres yeux fermés, ma bouche pâle, le gazon blond de la barbe qui m'assombrissait le menton, la marque plus claire de l'alliance perdue sur ma main sans bagues. Quelqu'un coupait la galette des rois en gestes rituels, ma femme, émue, gardait dans un sac en plastique les cadeaux qui me revenaient, la famille immobile devant la porte du poste de secours attendait haletante que je revienne à moi, le caporal des transmissions demandait l'hélicoptère à grands cris pour me conduire à Benfica à temps pour les liqueurs et le café. Je me suis ausculté et aucun son n'est venu jusqu'à mes oreilles par les caoutchoucs du stéthoscope. Le fourrier infirmier m'a tendu la seringue d'adrénaline et moi après avoir ouvert ma chemise et tâté l'espace entre mes côtes, je l'ai plantée, d'un seul coup, dans mon cœur.

P

Nous y voici. Non, je n'ai pas trop bu, mais je me trompe toujours de clé, peut-être parce qu'il m'est difficile d'accepter que cet immeuble soit le mien et que ce balcon là-haut dans le noir signale l'étage où j'habite. Je me sens, vous savez, comme les chiens qui flairent intrigués l'odeur de leur propre urine sur l'arbre qu'ils viennent de quitter, et il m'arrive de rester ici quelques minutes surpris et incrédule entre les boîtes aux lettres et l'ascenseur, cherchant en vain un signe de moi, une empreinte, une odeur, un vêtement, un objet, dans l'atmosphère vide du vestibule, dont la nudité silencieuse et neutre me désarme. Si j'ouvre ma boîte aux lettres, je n'y trouve jamais une lettre, un prospectus, un simple papier à mon nom qui me prouve que j'existe, que j'habite ici, que, d'une certaine façon, ce lieu m'appartient. Vous n'imaginez pas comme j'envie la sécurité tranquille de mes voisins, l'air décidé, familier avec lequel ils ouvrent la porte, le sourcil propriétaire avec lequel ils considèrent les titres du journal pendant qu'ils attendent l'ascenseur, l'amabilité complice de leurs sourires : il existe toujours en moi une tenace suspicion qu'on va m'expulser, que, en rentrant chez moi, je trouverai d'autres meubles à la place de mes meubles, des livres inconnus sur les étagères, une voix d'enfant quelque part dans le couloir, un homme installé dans mon fauteuil qui lève vers moi un regard d'une perplexité indignée. Une nuit, il y a peu, j'ai répondu au téléphone, et on a demandé un numéro complètement différent du mien. Pensez-vous que j'ai détrompé la personne et raccroché ? Eh bien, je me suis surpris moi-même en train de trembler, des mots roulés dans ma gorge, humide de transpiration et d'angoisse, me sentant un étranger dans une maison étrangère, qui envahissait, en fraude, l'intimité d'autrui, une sorte de voleur, vous comprenez, de l'univers domestique d'un autre, posé sur le bord de la chaise dans un excès de façons coupables. A mesure que les enfants se mettaient à vivre seuls et l'abandonnaient, ma Mère transformait nos chambres en salons, les divans disparaissaient, des tableaux inconnus surgissaient sur les murs et notre présence s'effaçait des pièces que nous avions habitées, de la même façon que nous nous dépêchons de nous laver les doigts après avoir serré une main désagréable ou poisseuse. Quand nous y retournions en visite ou pour dîner c'était comme si la maison était à la fois familière et étrangère : nous en reconnaissions les odeurs, les commodes, les visages, mais au lieu de nous, nous trouvions nos photos d'enfants éparpillées sur les tables, offerts dans des sourires d'une inquiétante innocence, et il me semblait que la photo de moi enfant avait dévoré l'adulte que je suis et celui qui, en fait, existait véritablement c'était celui qui, avec une mèche de cheveux blonds sur un tablier à rayures, me regardait d'un air accusateur à travers le brouillard diffus des années qui nous séparaient. Nous ne sommes jamais où nous sommes, vous ne trouvez pas ? pas même maintenant comprimés dans l'espace exigu de l'ascenseur, vous, raide et silencieuse, mesurant du coin de l'œil mes élans de bouc, moi qui fait tinter les clés avec l'impatience nerveuse que ces étranges appareils à monter et à descendre provoquent en moi invariablement, modernes succédanés des nacelles des ballons toujours au bord d'une chute désemparée et catastrophique. Ma chère amie, vous êtes, par exemple, ce dernier été, nue sur la plage, face à la mer sirupeuse et domestiquée de l'Algarve, en compagnie d'une de ces créatures intelligentes et vilaines qu'il est facile d'aimer, parce que, d'un côté, elles ne vous font pas concurrence et, d'un autre côté, elles vous évitent d'aller seule aux cycles de cinéma de la Fondation Gulbenkian, fréquentés par des myopes lucides et des sociologues péremptoires, et moi je suis toujours en Angola, comme il y a huit ans, et je dis au revoir au *soba*-tailleur près de la machine à coudre préhistorique, couverte par une épaisse mousse de rouille et que le sable érode et torture comme Giacometti modèle dans une espèce de rage patiente, ses douloureuses silhouettes à longues jambes, identiques à des oiseaux inventés, plus réels que les vrais. Nous allons abandonner Chiume en direction du nord, les véhicules, en colonne, attendent que nous embarquions et moi, immobile au centre du village noir, écœuré par l'odeur de décomposition du manioc qui sèche comme des os blancs sur le toit de paillotes, j'essaye désespérément de fixer, en cette matinée de janvier lavée par la pluie de la nuit, immergée dans une clarté excessive qui dissout les contours et noie dans la lumière sans pitié les sentiments délicats ou trop fragiles, j'essaye désespérément, disais-je, de fixer le décor où j'ai habité pendant tant de mois, les tentes, les chiens vagabonds, les bâtiments décrépis de la défunte administration coloniale, qui meurent peu à peu dans une lente agonie d'abandon : l'idée d'une Afrique portugaise dont me parlaient, en images majestueuses, les livres d'Histoire du Lycée, les harangues des politiciens et le chapelain de Mafra, n'était finalement pas autre chose qu'une espèce de décor de province pourrissant dans l'étendue démesurée de l'espace, projets de banlieue que la savane et les arbustes dévoraient rapidement, et un grand silence désolé tout autour habité par les mufles affamés des lépreux. Les Terres de la Fin du Monde, c'était l'extrême solitude, et l'extrême misère gouvernées par des chefs de poste alcooliques et cupides, tremblants de paludisme dans leurs maisons vides, régnant sur un peuple résigné, assis à la porte des huttes avec une indifférence végétale : L'amiral Tomás (1) nous fixait depuis le mur avec des pupilles de verre aussi idiot qu'un ours empaillé, des miliciens, avec des fusils vénérables s'endormaient adossés à leur ombre sous les toitures de zinc des postes de sentinelle à côté de l'inutile barbelé. Et cependant, il y avait la quasi immatérielle beauté des eucalyptus de Ninda ou de Cessa, qui emprisonnaient dans leurs branches une nuit dense et perpétuelle, la majesté rageuse de la forêt du Chalala qui résistait aux bombes, les pubis tatoués des femmes, derrière la courbe de théière desquels naissaient, au rythme cardiaque des tambours, des enfants qu'anxieusement je souhaitais moins passifs et mélancoliques que nous, qu'ils ne s'accroupissent pas, vaincus, devant leurs huttes, en se passant des uns aux autres la pipe de calebasse.

Non, c'est ici, au sixième gauche, un vestibule de marbre, eh oui, des moquettes de différentes couleurs, une prise pour la télévision dans chaque pièce, cinq pièces, plus trois salles de bains, deux longs balcons donnant sur le cimetière et le Tage, le soleil orange en fin de journée communié par les toits du quartier. Je me sens, dans cet appartement, comme une autruche dépaysée, vous savez ce que c'est et je vais de salle en salle en causant tout seul, comme les vieux, un verre de whisky dans la main, je récite aux glaçons des sonnets en noir et blanc d'Antero qui ont peuplé mon enfance de fantômes cosmiques. Le propriétaire, un individu à la moustache affirmative, qui vient me voir de temps en temps à bord d'une automobile américaine mirobolante dont la profusion étonnante de phares, de volutes et de chromes me fait invariablement penser à une église manuéline sur pneus radiaux, a muni l'appartement de lavabos identiques à des fonts baptismaux qui m'obligent à me laver les dents, le matin, en murmurant des

---

(1) Président de la République du Portugal, homme de Salazar.

prières en latin, il a remplacé les portes des placards par des panneaux en bois auxquels il ne manque que les sourires ambigus d'une galerie de saints médiévaux, et il m'a offert, en cadeau supplémentaire, un garage-catacombe dans les fondations de l'immeuble où ma modeste toux éclate en échos tragiques comme une avalanche : peu à peu, j'ai commencé à m'habituer à cette cathédrale de Chartres pour chefs douaniers sans poésie dont les cauchemars se hérissent de factures et de livres de bilan et j'ai commencé à aimer les peintures affreuses de ces murs et cette absence de meubles, de la même façon qu'on aime un enfant bossu ou une femme qui a mauvaise haleine, par ennui, par habitude, ou même, peut-être par un sentiment confus d'expiation de fautes obscures. J'aime les fonts baptismaux, les placards, le cimetière du Alto de São João, que je vois de la cuisine et qui m'apparaît comme la combinaison remarquable d'un Portugal miniature avec le cimetière des chiens du Zoo, en l'honneur du cycle de l'azote. Et puis, c'est un soulagement, vous comprenez, car on ne voit pas la mer, il n'y a pas le danger du regard qui s'allonge jusqu'à l'horizon à la recherche d'îles à la dérive ou des inquiétants voiliers de l'aventure intérieure toujours prêts à appareiller vers l'Inde de nos rêves. On ne voit pas la mer, juste une bande de fleuve, sans mystère, que l'autre rive limite par un nuage concret de fumées d'usines, de toits, de toits, de toits et de façades derrière lesquelles s'abritent nos contemporains résignés, qui collectionnent patiemment les papillons ou les timbres de leur ennui sans ambition, ou qui poignardent mentalement avec le couteau à pain leurs épouses qui tricotent dans le fauteuil à côté. Je suis sûr que si je fermais la porte à clé et que je restais, par exemple, ici tout un mois, assis à mon bureau, sans parler à personne, sans répondre à la sonnerie du téléphone ou de la porte, sans répondre aux sollicitations de la femme de ménage, du concierge ou de l'employé du gaz qui, de temps en temps, vient vérifier le compteur et griffonner sur un bloc, les sourcils froncés, des annotations sévères, je me transformerais, de métamorphose en métamorphose, en un parfait insecte du type colonel de réserve ou retraité de la Caisse d'Epargne, qui correspond en espéranto avec un banquier perse ou un horloger suédois, qui boit du tilleul sur le balcon après le dîner, tout en vérifiant la barbe non rasée de sa collection de cactus.

Non, sérieusement, le bonheur, cet état diffus résultant de l'impossible convergence des parallèles d'une digestion sans aigreur avec l'égoïsme satisfait et sans remords, continue à me paraître, à moi, qui appartiens à la douloureuse classe des inquiets tristes, qui attendent éternellement une explosion ou un miracle, quelque chose d'aussi abstrait et d'aussi étrange que l'innocence, la justice, l'honneur, des concepts grandiloquents, profonds et vides, finalement, que la famille, l'école, le catéchisme et l'Etat m'avaient fait solennellement avaler pour mieux me dompter, pour tuer, si je puis m'exprimer ainsi, dans l'œuf mes désirs de protestation et de révolte. Ce que les autres exigent de nous, comprenez-vous, c'est qu'on ne les remette pas en question, qu'on ne secoue pas leurs vies miniaturisées, calfeutrées contre le désespoir et l'espoir, qu'on ne brise pas leurs aquariums pleins de poissons sourds qui flottent dans l'eau vaseuse du jour après jour, illuminée de biais par la lampe somnolente de ce qu'on appelle la vertu et qui consiste, uniquement, si on l'observe de près, dans la morne absence d'ambitions.

Voulez-vous un whisky ? Ce liquide jaune banal constitue, de nos jours, après le voyage autour de la terre et l'arrivée du premier scaphandrier sur la lune, notre unique chance d'aventure : au cinquième verre le plancher acquiert, insensiblement, l'agréable inclinaison d'un pont de navire, au huitième le futur gagne l'amplitude victorieuse d'Austerlitz, au dixième nous glissons lentement dans un coma pâteux, bégayant les difficiles syllabes de la joie ; de sorte que, si vous me le permettez, je m'installe sur le canapé, à côté de vous pour mieux voir le fleuve et je porte un toast au futur et au coma.

L'Est ? D'une certaine façon j'y suis encore, assis à côté du chauffeur, dans une des camionnettes de la colonne, sautant sur les pistes de sable qui vont vers Malanje, Ninda, Luate, Lusse, Nengo, des rivières que la pluie avait gonflées sous les ponts en bois ; les villages de lépreux, la terre rouge de Gago Coutinho qui s'accroche à la peau et aux cheveux, le lieutenant-colonel, éternellement affolé, qui hausse les épaules devant la liqueur de cacao, les agents de la P.I.D.E. au café de Mete-Lenha qui lancent des coups d'œil troubles de haine vers les noirs qui buvaient aux tables voisines les timides bières de la peur. Qui vient ici ne saurait revenir pareil, expliquais-je au capitaine aux lunettes molles et aux doigts membraneux qui plaçait délicatement, en gestes d'orfèvre, les pièces sur l'échiquier, chacun de nous, les vivants, a plusieurs jambes en moins, plusieurs bras en moins, plusieurs mètres d'intestin en moins, quand on a amputé la cuisse gangrénée du guerrillero du M.P.L.A. pris à Lussuma les soldats se sont fait prendre en photo avec elle, comme un fier trophée, la guerre a fait de nous des bêtes, entendez-vous, des bêtes cruelles et stupides qui ont appris à tuer ; il ne restait pas un seul centimètre de mur dans la caserne sans une gravure de femme nue, on se masturbait et on tirait, le-monde-que-le-portugais-a-créé ce sont ces noirs concaves de faim qui ne comprennent pas notre langue, c'est la maladie du sommeil, le paludisme, l'amibiase, la misère, à notre arrivée à Luso une jeep est venue nous avertir que le Général ne consentait pas à ce que nous dormions en ville, pour que nous n'exposions pas au mess nos trop évidentes plaies. Nous ne somme pas des chiens enragés hurlait le lieutenant, comme un fou, à l'envoyé du quartier général de la zone, dites à ce pouilleux de merde que nous ne sommes pas des chiens enragés ; un sous-lieutenant menaçait tout bas de détruire le mess au bazooka. On encule ce foutu mess, mon lieutenant, il ne restera pas un seul salaud pour nous faire chier. Une année au fond d'un trou pourri ne nous donne pas le droit de dormir une nuit dans un lit, arguait l'officier des transmissions, au garde-à-vous, le lieutenant a donné un énorme coup de poing sur le capot de la jeep. Dites à notre Général d'aller se faire enculer. Nous n'étions pas des chiens enragés quand nous sommes arrivés ici, ai-je dit au lieutenant, qui tournait en rond, furieux d'indignation, nous n'étions pas des chiens enragés avant les lettres censurées, les embuscades, les mines, les attaques, le manque de nourriture, de tabac, de rafraîchissements, d'allumettes, d'eau, de cercueils, avant qu'un Berliet vaille plus qu'un homme et avant qu'un homme ne vaille pas plus de trois lignes de journal. Il est mort au combat dans la province d'Angola ; nous n'étions pas des chiens enragés, mais nous n'étions rien pour l'Etat de sacristie qui se foutait de nous et nous utilisait comme des rats de laboratoire et maintenant, au moins, il a peur de nous, il a si peur de notre présence, de l'imprévisibilité de nos réactions et du remords que nous représentons, qu'il change de trottoir s'il nous aperçoit au loin, il nous évite, il fuit au lieu de faire face à un bataillon ravagé au nom d'idéaux cyniques auxquels personne ne croit, un bataillon ravagé d'avoir défendu l'argent des trois ou quatre familles qui soutiennent le régime, le lieutenant gigantesque s'est tourné vers moi, a mis la main sur mon bras et a supplié d'une soudaine voix d'enfant Docteur trouvez-moi cette maladie avant que je ne crève ici sur la route de la merde que j'ai en moi.

Q

Un peu nu, l'appartement ? Vous avez raison, il lui manque des tableaux, des livres, des bibelots, des chaises, le désordre savant de magazines et de papiers, du linge au hasard sur le lit, de cendre par terre, bref, ce qui nous assure que nous continuons à exister, à nous agiter, à respirer, à manger, à nous secouer en vain sous les saisons indifférentes et la silhouette distraite de l'annonce de Sandeman qui du haut des toits du Rossio lève vers nous, tantôt allumée, tantôt éteinte, un toast railleur. Cette espèce de caveau où j'habite, ainsi vide et raide, m'offre, d'ailleurs, une sensation de provisoire, d'éphémère, d'entracte, qui, entre parenthèses, m'enchante : je peux me considérer comme un homme pour plus tard, ajourner définitivement le présent jusqu'à pourrir sans jamais avoir mûri, les yeux brillants de jeunesse et de malice, comme ceux de certaines vieilles de village. Par les fenêtres sans rideaux, couché sur mon lit, je vois, les ouvriers qui bâtissent l'immeuble d'en face, qui commencent à travailler bien plus tôt que moi et qui me regardent de l'autre côté de la rue avec envie et admiration. Des femmes ensommeillées secouent, aux balcons, des chiffons énergiques et exténués. Des remorqueurs minuscules, avec des hernies de la colonne vertébrale, tirent de gros navires pacifiques en direction de la mer. Probablement, même dans le cimetière, il règne une activité matinale de squelettes de famille, qui entrechoquent leurs os en se cherchant les vers mutuellement avec des attentions de guenons. Et moi, seulement moi, habitant unique de cette maison vide, je me permets généreusement les douces langueurs de la paresse parce que je ne déshibernerai à peine que la nuit, au bar où nous nous sommes rencontrés, sous ses lampes Art Nouveau et ses scènes de chasse, le nez plongé dans la vodka orange d'un petit déjeuner tardif.

La vie à contre-courant possède aussi, cependant, ses désavantages : mes amis se sont éloignés de moi peu à peu, gênés par ce qu'ils considéraient comme une légèreté de sentiments proche du vagabondage libertin. La famille reculait devant mes baisers comme s'il s'agissait d'une acné contagieuse. Mes collègues ont propagé joyeusement ma dangereuse incompétence, après s'être, évidemment, référé au passage, à un radieux futur gâché en orgies de maffioso avec sur ses genoux de bouc des danseuses françaises du Casino d'Estoril, jaillissantes de plumes. Les malades eux-mêmes se méfiaient de mes cernes trop lourds et de l'haleine équivoque où flottait, à l'évidence, un reste d'alcool. J'ai allongé de plus en plus les petits matins et raccourci les jours, dans l'espoir qu'une nuit perpétuelle lance un voile pudique d'ombre sur mes joues verdâtres : cette ville absurde où les azulejos multiplient et reflètent la moindre parcelle de clarté dans un jeu de miroirs, sans fin, et où les objets voguent suspendus dans la lumière comme dans les tableaux de Matisse, m'obligeait à trébucher de chambre en chambre à la manière d'un papillon étourdi, en passant une paume molle sur le papier de verre répulsif de ma barbe.

Un peu nu, l'appartement, en effet, mais avez-vous imaginé l'espace qui reste pour le rêve, non pas un rêve de mobilier, domestique, conjugal, nobiliaire - qui oblige à compter avec angoisse les sous qui manquent pour un secrétaire ou une commode

- mais le rêve *tout court* (1) sans buts nets, ni objectifs définis, dont la tonalité varie et dont la forme change sans cesse, un rêve à la manière d'Henri le Navigateur, fait de mers inconnues, de géants maritimes et d'épices, la caravelle qu'on envoie tout le long du couloir et dont on attend le retour problématique assis sur le marbre du vestibule, en consultant le curieux astrolabe d'une bande dessinée. Cette maison, chère amie, c'est le désert de Gobi, des kilomètres de sable sans aucune oasis, et le silence de ma bouche fermée sur des dents jaunes de chameau. De telle sorte que lorsque quelqu'un envahit ma solitude, je me sens, vous savez ce que c'est, comme un ermite qui rencontre un autre ermite au coin d'une invasion de sauterelles, et j'essaye péniblement de me souvenir du morse des paroles, je réapprends les sons à la manière d'un aphasique qui recommence, difficilement, à utiliser le code qu'il a oublié.

Un autre whisky ? Il convient de nous prévenir contre cette nuit qui est prête à pâlir sans nous avertir, à faire place à un matin trop net, trop clair, où nos silhouettes imprécises, fabriquées pour la complicité indulgente de l'ombre, se dissoudront, comme le parfum d'anciens flacons d'où s'échappe l'arome sucré des passions défuntes, il convient de nous emmurer d'alcool pour nous défendre du révélateur de la lumière, qui exhibe à nos propres yeux, dans la cruauté implacable des miroirs, les traits fripés par l'absence de sommeil, qui clignent des paupières glauques sous le désordre désastreux des cheveux. Il m'arrive parfois de me réveiller, vous savez, à côté d'une femme que j'ai connue quelques heures auparavant près de la lampe propice d'un bar dont le cône opalin donne aux rides et aux pattes-d'oie le charme insidieux d'une maturité savante, et voilà que le lever du store me montre, brutalement, une créature vieillie et vulnérable, naufragée dans

(1) En français dans le texte.

mes draps, dans un abandon dont la fragilité me rend furieux. Assis sur le lit, la tête sur l'oreiller que j'ai appuyé au mur, j'allume la cigarette de la désillusion et de la rage en regardant acidement les bracelets et les bagues posés en un petit tas précautionneux sur la table de nuit, le linge étranger par terre, un soutien-gorge noir qui se balance à une chaise à la façon d'une chauve-souris qui attend l'arrivée du crépuscule sur sa poutre de grenier. La bouche de ces femmes borborygme quelquefois des mots évadés, à la dérobée, des rêves auxquels je n'ai pas accès ; la courbe molle des épaules s'agite en soubresauts indéchiffrables, la toison des cuisses ouvertes perd le mystère de bosquet humide qui me recevait dans sa douce concavité végétale. La hargne d'avoir été floué me gonfle des testicules au sexe, impossible à dominer, à contrôler, à diminuer, et je finis par les pénétrer, ivre de haine, comme on enfonce un couteau dans un ventre lors d'une rixe dans un bouge, pour écouter ensuite, en grinçant des dents, leurs gémissements de caniche qui remercie pour ce qu'elles imaginent être un hommage enthousiaste à la qualité de leurs dons.

Un double sans glace ? Vous avez raison, peut-être de cette façon obtiendrez-vous la lucidité sans illusions des ivrognes d'Hemingway qui sont passés, gorgée après gorgée, de l'autre côté de l'angoisse, atteignant une espèce de sérénité polaire, voisine de la mort, c'est vrai, mais que l'absence d'espoir et de frénésie anxieuse qu'il apporte inévitablement, rend presque paisible et heureuse, et vous réussirez à faire face à la férocité du matin dans une bouteille de Logan's qui vous protège, tout comme les cadavres des animaux se conservent dans des liquides spéciaux sur les étagères des muséums. Peut-être de cette façon-là arrivera-t-on à sourire, du sourire de Socrate après la ciguë, à se lever du matelas, à aller à la fenêtre, et en face de la ville matinale, nette, occupée, bruyante, à ne pas se sentir persécuté par les fantômes insidieux de sa propre solitude, dont les visages sardoniques et tristes, si semblables au nôtre, se dessinent sur la vitre pour mieux se moquer de nous ; il y a des défaites, comprenez-vous, que l'on peut toujours transformer, au moins, en victorieuses calamités.

Dans le Nord, par manque de whisky, nous buvions les mixtures sulfuriques de l'administrateur, indien gros et grand, qui recevait les officiers avec une pompe aimable de monarque absolu, afin de s'écouter lui-même dans les oreilles des autres, dont l'attention distraite lui garantissait l'existence d'un public, comme nos grimaces devant le miroir, pendant qu'on se rase, nous garantissent la certitude du visage dont nous doutions, anges ivres qui hésitent au sujet de l'opacité de la chair. Ma compagnie est passée en flèche par Malanje où le Quartier Général du bataillon s'est installé dans le poulailler inconfortable de la caserne, et a abandonné la nuit, la ville sombre et opaque comme les prunelles d'un gitan, en direction de la Baixa de Cassanje ; des champs infinis de tournesols et de coton dans un décor d'une beauté irréelle, et la misère des villages noirs au bord de la piste, avec des noirs immémoriaux accroupis sur des pierres brunes sans arêtes, pareilles à des pains noirs. Nous avons jeté l'ancre à Marimba : rangée de manguiers énormes sur le sommet d'une colline entourée par la distance bleue des champs, dans une nouvelle clôture de fil de fer sur laquelle les mômes des paillotes voisines accrochaient leurs visages affamés pendant que des nuages gros de pluie, pesants comme des outres, s'accumulaient sur le rio Cambo, habité par le silence minéral des crocodiles. Là, pendant un an, nous sommes morts, non pas de la mort de la guerre qui nous dépeuple soudain le crâne dans un fracas fulminant et laisse autour de soi un désert désarticulé de gémissements et une confusion de panique et de coups de feu, mais de la lente, angoissante, torturante agonie de l'attente, l'attente des mois, l'attente des mines sur la piste, l'attente du paludisme, l'attente du chaque-fois-plus-improbable retour avec famille et amis à l'aéroport ou sur le quai, l'attente du courrier, l'attente de la jeep de la P.I.D.E. qui passait hebdomadairement en allant vers les informateurs de la frontière, et qui transportait trois ou quatre prisonniers qui creusaient leur propre fosse, s'y tassaient, fermaient les yeux avec force, et s'écroulaient après la balle comme un soufflé qui s'affaisse, une fleur rouge de sang ouvrant ses pétales sur leur front :

« C'est le billet pour Luanda — expliquait tranquillement l'agent en rangeant son pistolet sous l'aisselle — on ne peut pas se fier à ces salauds. »

De telle sorte qu'une nuit quand le type s'est fendu une fesse sur la cuvette brisée des wc, comprenez-vous, je lui ai cousu le cul sans anesthésie, dans le cagibi de poste de secours, sous le regard content de l'infirmier, vengeant ainsi, un peu, à chacun de ses hurlements, les hommes silencieux qui creusaient la terre, la panique fondant en énormes plaques de sueur sur leurs maigres dos et qui nous fixaient de leurs orbites dures et neutres comme des galets, vidées de lumière comme celles des morts sans vêtements couchés dans les réfrigérateurs des hôpitaux.

Après le dîner, le moteur réticent de l'électricité remontait une constellation de lampes bégayantes qui éclairaient en biais la rangée de manguiers arrachant des branches tragiques de l'obscurité, et les officiers rendaient cérémonieusement visite à l'administration pour le loto, pendant lequel, Madame Aurea, épouse de l'empereur de ces lieux, qui par ses décolletés tirait de grands effets de sa poitrine fanée, scintillante de tous ses colliers et boucles d'oreilles, distribuait les cartons et les pois chiches, et extirpait d'un sac, qui me semblait pareil aux suaires qu'on lançait sur les machines à coudre dans mon enfance dans des pièces étroites pleines de paniers à linge et de la fraîcheur des draps propres, des numéros en bois qu'elle annonçait à voix basse : intime confidence de la révélation. Le mari, de l'autre côté de la salle, invitait avec des inclinaisons galantes, l'institutrice à danser les tangos traînants du tourne-disques, c'était une petite personne maigrichonne, les clavicules aussi saillantes que les sourcils de Brejnev, elle avait des règles interminables qui l'affligeaient de colliques et d'anémie, et elle tournait vers nous des cernes épuisés où l'on devinait des évanouissements et des tables de multiplication. Des aquarelles représentant des jacynthes et des dahlias dans des encadrements dorés, pâlissaient sur les murs. L'orage sur le Cambo illuminait la fenêtre de faux éclairs, comme dans une pièce de théâtre portugaise qui nous laisse soupçonner un monsieur besogneux en train d'actionner des interrupteurs derrière un rideau. Le mulâtre, patron de l'unique magasin, dormait dans un coin, un cure-dent dans la bouche, en ronflant des comas pacifiques d'hippopotame. Le conducteur de l'autocar civil arrangeait sa houppe avec un peigne en plastique jaune made in Oeiras (1). La soirée allait son train dans une langueur de toux dispersées et d'amabilités fatiguées, jusqu'à ce que Madame Aurea tourne sa tête vers la porte, lève le menton tel un coyote prêt à hurler, gonfle ses tristes seins en une grande inspiration de plongeur et crie :

« Bonifaaaaaaaaaaaaaace »

dans un aboiement interminable et impérieux. Il s'ensuivait quelques secondes d'expectative que le mulâtre, réveillé en sursaut, comblait en demandant à la ronde :

« Qu'est-ce qui s'est passé ? Qu'est-ce qui s'est passé ? » avec une inquiétude de radeau à la dérive. Sur ce, on entendait un tintement de verres pressés dans la cuisine et un noir chapelinesque, contenu avec peine dans un habit de majordome de Georgie, surgissait du couloir, en dansant dans de trop grands souliers, transportant un plateau de bouteilles dont on attendait, à chaque instant, la chute sur le plancher dans une pluie de mille morceaux comme au cinéma muet. Le whisky avait un goût d'alcool de lampe et de savon de

---

(1) Plage-banlieue de Lisbonne, où il y a une usine de plastique.

Marseille, et chacun de nous communiait à deux doigts de ce sacrifice ictérique, se tordant en grimaces derrière une main pudique, pendant que l'administrateur, qui gardait les pois chiches du loto dans le sac des numéros, s'exclamait : « C'est une bonne pommade, hein ? » et obtenait du capitaine un sourire obéissant d'huile de foie de morue.

Dehors le cipaye qui surveillait le moteur de l'électricité équipé d'une espèce de mousquet de conquistador espagnol, ronflait sous le préau en ciment. Des chauves-souris de la taille d'une perdrix tournoyaient en titubant à proximité des lampes, des feux pâles se consumaient dans la dense pénombre des villages noirs, *soba* Macao, *soba* Pedro Macao, *soba* Marimba, près de la piste d'aviation que la broussaille envahissait constamment, les lumières de Chiquita tremblaient nettement au loin, constellation d'improbables étoiles. Juste après le début de la guerre on avait tué ou expulsé vers le Congo les Mô-Holos et les Bundi-Bângalas qui habitaient primitivement la Baixa de Cassanje, et on avait remplacé leurs villages par des Gingas de la région de Luanda, plus obéissants et accommodants, après que leur chef eut pourri pendant vingt ans dans les prisons coloniales sous le prétexte d'un crime quelconque. Une couronne en fer blanc incrustée de cabochons de verre sur la tête, tourné en ridicule devant son peuple par l'Etat Corporatif qui l'obligeait à cet humiliant uniforme d'empereur de Carnaval le roi errait dans son village à la manière des malades mentaux dans les infirmeries psychiatriques, regardé avec un chagrin incrédule par les vieux de la tribu ; cependant le *soba* Bimbe et le *soba* Caputo, de l'autre côté de la frontière, continuaient la lutte, et on apercevait depuis Marimbanguengo les bases du M.P.L.A. au Congo : des constructions minuscules qui grandissaient. Madame Aurea s'est penchée aimablement vers l'institutrice qui avait des règles comme les chuttes du Niagara et qui grattait subrepticement les champignons sous ses aisseiles :

« Alors, Madame Olinda, comment va la santé ? »

Vous n'imaginez pas (un doigt s'il vous plaît, parfaitement, ça suffit) l'étrange sensation de ce loto au milieu de la jungle, de ces tangos poussiéreux sur le tourne-disques, des toilettes pathétiques des femmes, des manières des hommes, des dahlias européens aquarellés sur le mur, pendant ce temps les condamnés de la P.I.D.E. s'enroulaient comme des tentacules inertes dans leurs trous, les soldats tremblaient de paludisme dans leurs chambrées, les généraux, dans l'air conditionné de Luanda, inventaient la guerre dont nous mourions et dont ils vivaient, la nuit de l'Afrique se déployait dans une infinité majestueuse d'étoiles, les Bailundos (1) achetés à Nova Lisboa agonisaient de dépaysement dans les villages noirs des grands domaines, et moi, j'écrivais chez moi Tout va bien, dans l'espoir qu'ils comprendraient la cruelle inutilité de la souffrance, du sadisme, de la séparation, des paroles de tendresse, du mal du pays, qu'ils comprendraient ce que je ne pouvais pas dire derrière ce que je disais et qui était le Putain, Putain, Putain, Putain, Putain de l'infirmier après l'embuscade, vous vous rappelez, à l'Est, dans le pays de sable vide des Luchaz, le corps du caporal mort en train de pourrir, sous la couverture dans ma chambre, et moi assis sur les marches du poste comme je m'asseois ici avec vous dans ce salon, et que je vois les bateaux du fleuve dans notre reflet sur la vitre de la fenêtre, moi qui parle et vous qui m'écoutez avec une attention sarcastique qui m'énerve et me confond ; les femmes, disait sentencieusement Voltaire, sont incapables d'ironie, quatorze points dans le cul de l'agent et moi ravi en train de faire traîner l'aiguille dans la chair, laissez-moi mettre pour un moment la tête sur vos genoux et fermer les yeux, les mêmes yeux avec lesquels j'ai regardé le cipaye enfiler des glaçons dans l'anus d'un type sans même protester parce que la

---

(1) Tribu du sud de l'Angola.

peur, vous comprenez, me coupait le moindre geste de révolte, mon égoïsme voulait retourner intact et vite avant qu'une porte de prison se ferme devant moi, m'empêchant de rentrer et d'oublier, de reprendre l'hôpital, les comptes, la famille, le cinéma le samedi et les amis comme si rien n'était arrivé, entretemps, de débarquer sur le quai de Lisbonne et de déclarer en moi-même Tout n'était que mensonge et je me suis réveillé, et, néanmoins, vous comprenez, les nuits comme celle-ci, quand l'alcool accentue mon abandon et ma solitude et que je me trouve au fond d'un puits intérieur trop profond, trop étroit, trop lisse, surgit en moi, aussi net qu'il y a huit ans, le souvenir de ma lâcheté et de ma complaisance, que je croyais noyé pour toujours dans un tiroir perdu de ma mémoire, et une espèce de, comment dirais-je, remords, me force à m'accroupir dans un angle de ma chambre comme une bête acculée, blanc de honte et de terreur, en attendant, les genoux dans la bouche, le matin qui n'arrive pas.

R

Il n'arrive pas, le matin, il ne va jamais arriver, c'est inutile d'attendre que les toits pâlissent, qu'une lividité glacée éclaire timidement les stores, que de petites grappes de gens transis, brutalement arrachés à l'utérus du sommeil se groupent sous les arrêts d'autobus vers un travail sans plaisir : nous nous trouvons condamnés, vous et moi, à une nuit sans fin, épaisse, dense, désespérante, dépourvue de refuges et d'issues, un labyrinthe d'angoisse que le whisky éclaire de biais de sa lumière trouble, et nous tenons nos verres vides dans nos mains comme les pèlerins de Fatima tiennent leurs bougies éteintes, assis côte à côte sur le canapé, vidés de phrases, de sentiments, de vie, souriant l'un à l'autre avec des grimaces de chiens de faïence sur une étagère de salon, les yeux épuisés par des semaines et des semaines de veilles terrorisées. Avez-vous déjà remarqué comme le silence de quatre heures distille en nous la même espèce d'inquiétude qui habite les arbres avant la venue du vent, un frémissement de feuilles de cheveux, un tremblement de troncs d'intestins, l'agitation des racines des pieds qui se croisent et se décroisent sans raison ? Donc, nous attendons, au fond, ce qui n'arrivera pas, l'anxiété qui accélère nos veines pédale en nous, en vain, à la façon des bicyclettes immobiles des gymnases parce que cette nuit, vous comprenez, est une cale à la dérive, une énorme armoire dont on a perdu la clé, un aquarium sans poissons naufragé dans une absence de pierres et parcouru seulement par les ombres dans l'eau d'une inquiétude informe ; nous resterons ici à écouter le moteur du frigo, seule compagnie vivante dans ces ténèbres, dont la lampe blanche allume sur les carreaux de faïence du mur des phosphorescences d'igloo, jusqu'à ce que l'on construise d'autres immeubles sur cet immeuble, d'autres rues sur cette rue, que des visages indifférents se superposent à la brève amabilité des voisins, que le concierge acquière la barbe majestueuse et hagarde d'un fou de village, et que les archéologues du futur trouvent nos corps figés dans des attitudes d'attente, identiques à ces figures de glaise des tombes étrusques, attendant, le whisky au poing, la clarté d'une aurore atomique.

Entre-temps et si vous êtes d'accord, peut-être pourrions-nous essayer de faire l'amour, ou plutôt cette sorte de gymnastique païenne qui nous laisse dans le corps, une fois l'exercice terminé, un goût de sueur et de tristesse au milieu du désastre des draps : le lit ne grince pas, il est improbable que la chasse d'eau de l'étage au-dessus vomisse à cette heure-ci le contenu limoneux de son estomac, troublant les caresses sans tendresse qui sont comme le moteur de démarrage du désir, aucun de nous n'éprouve pour l'autre autre chose qu'une complicité de tuberculeux dans un sanatorium, faite de la tristesse mélancolique d'un destin commun ; nous avons déjà trop vécu pour courir le risque idiot de tomber amoureux, de vibrer dans notre âme et nos tripes en exaltations d'aventure, de rester des après-midi entiers devant une porte fermée, un bouquet de fleurs au poing, ridicules et touchants, à avaler anxieusement notre salive. Le temps nous a apporté la sagesse de l'incrédulité et du cynisme, nous avons perdu la simplicité franche de la jeunesse à notre seconde tentative de suicide, pour laquelle nous nous sommes retrouvés aux urgences d'un hôpital sous le regard céleste d'un Saint-Pierre à stéthoscope et nous nous méfions autant de l'humanité que de nous-mêmes, car nous connaissons l'amer égoïsme de notre caractère occulte sous les falacieuses apparences d'un vernis généreux. Ce n'est pas en vous que je ne crois pas, c'est en moi, en ma répugnance à me donner, en ma peur panique que quelqu'un veuille de moi, en mon inexplicable besoin de détruire les brefs instants agréables du quotidien en les triturant avec de l'acide et de l'ironie jusqu'à les transformer en bouillie d'amertume assommante et coutumière. Qu'est-ce qui adviendrait de nous n'est-ce pas, si nous étions, effectivement heureux ? Vous imaginez comme cela nous laisserait perplexes, désarmés, cherchant anxieusement des yeux autour de nous un malheur réconfortant, comme les enfants cherchent les sourires de la famille lors de la fête du Collège ? Avez-vous remarqué par hasard comme nous avons peur quand quelqu'un simplement, sans arrière-pensée, s'offre à nous, comme nous ne supportons pas une affection sincère, inconditionnelle, qui n'exige rien en retour ? Ceux-là, les Camilo Torres, les Guevara, les Allende, nous nous dépêchons de les tuer parce que leur amour combatif nous gêne, nous les recherchons, un bazooka sur l'épaule, rageurs, au milieu des forêts de Bolivie, nous bombardons leurs palais, nous mettons à leur place des individus cruels et visqueux qui nous ressemblent davantage, dont les moustaches ne nous font pas grimper dans l'œsophage des reflux verts de remords. Ainsi, les rapports sexuels constituent-ils, entre nous, vous comprenez, une violation molle, une exhibition hâtive de haine sans jubilation, la déroute mouillée de deux corps épuisés sur le matelas qui attendent de retrouver le souffle qui les fuit pour vérifier l'heure à la montre posée sur la table de nuit, de s'habiller sans un mot, examiner sommairement dans la glace de la salle de bains le maquillage et la coiffure et de partir, sous le couvert de la nuit, encore humide de l'autre, vers la solitude de chacun chez soi. Ceux qui habitent à deux, d'ailleurs, et qui partagent de mauvaise volonté l'édredon et le dentifrice, souffrent d'un isolement semblable, du reste : ah ! les repas face à face, en silence, pleins d'une rancœur que l'on peut sentir dans l'air comme l'eau de Cologne des veuves ! Les soirées devant la télévision à caresser des projets vengeurs d'assassinats conjugaux, le couteau à poisson, le vase de Chine, une poussée opportune par-dessus la fenêtre ! Les rêves minutieusement détaillés concernant l'infarctus du myocarde du mari ou la thrombose de la femme, la douleur à la poitrine, la bouche de travers, les mots infantiles bavés péniblement sur l'oreiller de la clinique ! Nous avons, au moins l'avantage de dormir seuls, vous savez ce que c'est, sans avoir une jambe étrangère qui explore les zones fraîches du drap qui nous reviennent par droit géographique, mais simultanément, il nous manque quelqu'un à qui pouvoir reprocher notre profond mécontentement de nous-mêmes, une cible facile pour nos insultes, une victime en somme, de notre médiocrité dépitée. Vous et moi, grâce à Dieu, nous ne courons pas ce risque, nous sommes comme deux judokas qui se craignent suffisamment pour ne pas se blesser, et qui inventent tout au plus des coups feints, inoffensifs, qui s'arrêtent au milieu de leur élan à la façon de tentacules subitement inertes, et qui renoncent : si je vous disais que je vous aime, vous me répondriez, du ton le plus sérieux du monde, que depuis l'âge de dix-huit ans vous n'avez pas senti pour un homme un enthousiasme pareil, que quelque chose de différent et d'étrange vous trouble et que vous avez envie, avec la force d'un jeune taureau, de ne jamais plus vous séparer de moi et nous finirions par rire, dans nos verres respectifs, de l'inoffensive innocence de nos mensonges. Mais imaginez donc, que, pour quelques instants, nous ayons enlevé le gilet pare-balles d'une méchanceté savante que nous soyons, par exemple, sincères ? Qu'en vous caressant la main, par-delà vos doigts de maintenant qui commencent à vieillir sous les bagues, je touche l'étroit poignet d'une jeune fille vulnérable et fragile, en train de mâcher des chewing-gums à l'ombre de la dédaigneuse photo tragique de James Dean, arcnange blond dont la brève trajectoire de comète s'est terminée abruptement dans un cône fumant de ferraille ? Que vos seins durcissent de vrai désir, qu'un frisson bizarre vous sépare les cuisses, que le ventre se creuse d'une faim de moi, inexplicable et véhémente ? Quelle barbe, hein ? Les jalousies, les besoins d'exclusivité, le tourment dangereux du regret ! Tranquillisez-vous, il est trop tard, il sera toujours trop tard pour nous, l'excès de lucidité nous empêche d'avoir les pulsions stupides et chaleureuses de la passion, mes cheveux clairsemés et vos pattes-d'oie impossibles à dissimuler sous la délicatesse du sourire, nous défendent de l'enthousiasme d'être vivants, du rêve sans malice, du pur contentement sans tache de croire aux autres.

Nous nous trouvons donc dans les conditions de faire dans le lit, là, au fond, un amour aussi fade que le merlan surgelé du restaurant dont l'unique orbite nous fixe dans une agonie vitrifiée d'octogénaire parmi les verts pâles des laitues. Votre bouche a le goût sans saveur des biscuits anciens enveloppés du sucre du rouge à lèvres, ma langue est un morceau d'éponge enroulée dans les dents, gonflée par l'écume huileuse de la salive. Nous nous unirons, vous voyez, comme deux monstres tertiaires hérissés de cartilages et d'os, beuglant des aboiements onomathopéïques de lézards immenses, pendant que dehors, les pistes du Nord détruites par les pluies remplacent la bande de verre noir de la rivière, bouillonnante de lumières et que moi je saute et je me balance à côté du conducteur de l'*unimog* protégé par une escorte qui tinte derrière sur son banc de bois, en chemin vers Dala-Samba, la boîte de vaccins anticholérique tremblant entre mes genoux.

De temps en temps, quand je me sentais trop pourrir dans l'inertie des barbelés face aux chauves-souris des manguiers et au loto de l'administrateur, à observer la nuit, les orbites minérales des petits lézards au plafond qui avalaient des papillons en communions instantanées, écrasé par la monotonie et l'impatience ; quand le whist des officiers me paraissait un rituel absurde qui prenait peu à peu les caractéristiques ténébreuses d'une cérémonie sanglante (« huit plis ou je te baise la gueule ») quand après m'être masturbé je demeurais éveillé, sans sommeil, à regarder par la fenêtre les orages sur le Cambo et à penser à tes cuisses à Lisbonne, au léger bruissement des bas lorsque tu croises les jambes, au duvet caressé à rebrousse-poil, au triangle qui avait le goût des huîtres caché dans la dentelle du slip, quand les chiens glapissaient du côté de la cuisine avec des gémissements presque humains d'enfants affamés, quand ma fille commençait à marcher de chaise en chaise à pas hésitants et appliqués comme un moteur mécanique, quand le temps s'immobilisait dans le puits du calendrier avec des entêtements de pierres enracinées et que les après-midi étaient longs comme des mois et des mois de siestes énervées, je partais pour Dala-Samba, le long de la Baixa de Cassanje, pour visiter les cimetières des rois Gingas en haut des collines nues, entourés de touffes de palmiers que le vent de la nuit courbait. Et il y avait la tombe de Zé do Telhado (1) à Dala, près des deux ou trois commerces poussiéreux de l'agglomération abandonnée, de vieux colons presque misérables que le paludisme verdissait, des chèvres avec des barbiches de sculpteur autour du silence des cases, l'infirmier de l'hôpital de Caombo dans sa blouse immaculée qui s'exprimait dans un portugais précieux de comtesse. Nous dormions dans les lits en fer-blanc des accouchées, parmi les armoires d'instruments chirurgicaux et les tables gynécologiques, lorsque nous nous réveillions la tempête de la veille avait lavé le matin, astiquant ses lumières et ses couleurs, et en sortant vers la voiture j'avais l'impression de pénétrer dans le premier jour de la Création,

---

(1) Célèbre bandit du nord du Portugal de la fin du siècle dernier, qui volait les riches pour donner aux pauvres et qui est mort au bagne en Afrique.

avant le partage des eaux, et c'était comme si je voguais, les bottes de l'armée pendantes, dans la clarté irréelle des photographies anciennes dans lesquelles l'iode dilue les expressions et les contours dans une tache solaire qui nous noie.

Si vous connaissiez les petits matins africains à la Baixa de Cassanje, l'odeur vigoureuse de la terre ou du maquis, les profils confondus des arbres, le coton ; ouvert jusqu'à l'horizon, dans une pureté de linceul de neige, peut-être nous serait-il possible de revenir au commencement, aux répliques encore timides du whisky initial, au sourire qui demande et au coup d'œil qui consent, et de construire à partir de là la complicité sans arêtes des amants qui tuent, en moins de deux, la méfiance et la crainte et ronflent à deux voix dans les pensions de l'Avenue de la Liberté (1), rassasiés et satisfaits. Mais la poussière de glaise du Maroc, à en croire vos colliers, c'est l'équateur dont vous êtes capable, et un quartier de maisons sales et d'hommes accroupis, sorte d'Algarve envahi par des gitans qui veulent vous vendre, à tout prix, des tapis et des bracelets en fil de fer dans un charabia nauséabond, votre anté-vision du paradis. Loin du filigrane manuélin du Monastère des Hyéronimites à Lisbonne, concentré des Grandes Découvertes, et des plages de la côte où les gens se multiplient miraculeusement comme des fourmis sur un gâteau de riz, le dépaysement vous ride et vous fait mourir comme un cactus au Pôle Nord. Les tunnels du métro constituent, au fond, vos véritables entrailles, parcourues par les déchets des wagons, et les radios des dispensaires de la Praça do Chile le négatif, réduit, de votre âme. Ce qui d'une certaine façon nous sépare irrémédiablement c'est que vous avez lu dans les journaux les noms des militaires morts et que moi j'ai partagé avec eux la salade de fruits de la ration de combat et j'ai vu souder leurs cercueils dans le débarras de la compagnie, parmi les caisses de

(1) Artère principale de Lisbonne.

munitions et les casques rouillés. Le caporal Pereira, par exemple, avant que sa tête ne vole en morceaux sur la route de Chiquita, venait laisser goutter sa blénnorragie au poste de secours, exhibant sa bite molle comme une bougie de stéarine d'où sourdait la goutte ardente d'un lait enflammé. Le boulanger a composé un poème autobiographique qui durait deux heures et m'a endormi d'éreintement sur l'assiette du déjeuner. Le lieutenant me vantait les mérites de sa bonne dans une extase de miracle. Le commandant recherchait les seins doux comme des raisins des adolescentes en fouinant dans les plis des robes. Un capitaine de la quatrième commission pourrissait comme un Dracula au lever du jour, les traits décomposés dans la boue pâle des cadavres. Et moi, je conversais de village noir en village noir avec la gravité des *soba*, accroupi sur les tabourets en peau de cabri destinés aux visiteurs de marque, je distribuais de la quinine à de longues queues de paludiques tremblants, je drainais des abcès, je désinfectais des plaies, je fumais du liambe (1) dans la fièvre des tam-tams quand des hommes exorbités s'agenouillaient, vibrants, devant les cœurs paniqués des tambours ? Les blancs de la brousse, isolés et sans moyens, dans leurs terres inexploitées, se couchaient avec leurs armes et leurs maîtresses noires, obéissantes et muettes comme l'ombre oblique d'une apparition. La savane avalait les tracteurs en panne, avec une faim de mille bouches végétales victorieuses, elle dévorait les maisons, elle sautait par-dessus les enclos, elle détruisait les croix anonymes des tombes éparpillées au hasard sur le bord des pistes. Un jour, un homme blond est apparu dans la caserne à bord d'une camionnette démantelée, il a débarqué avec une valise pleine d'ornements de prêtre à la main et il s'est présenté aux officiers :

Soy basco y amigo intimo del cabrón Francisco Franco.

(1) Plante qui donne une drogue douce.

Ecoutez : à Gago Coutinho, il y avait une mission abandonnée, un vieil édifice à colonnes protégé par la fraîcheur des acacias, une oasis de silence où les pas résonnaient comme dans le film d'Hitchcock. L'après-midi, le lieutenant et moi avions l'habitude d'arrêter la jeep près de la clôture aux grilles oxydées, de retirer le siège arrière, de nous installer près d'un arbre sous le gros calme des oiseaux, un silence grand et bon, fait de feuillages hauts, et nous fumions sans parler parce que les mots devenaient soudain inutiles comme un bateau dans une ville, un aquarium en pleine mer, une simulation d'orgasme pendant l'orgasme, nous fumions sans parler et une quiétude paisible glissait lentement dans nos veines qui nous réconciliait avec nous-mêmes, qui nous pardonnait d'être là, occupants involontaires d'un pays étranger, agents d'un fascisme provincial qui se minait et se corrodait lui-même dans l'acide lent d'une triste stupidité de presbytère.

Soy basco y amigo del cabrón Francisco Franco.

A Dala-Samba, l'administrateur vivait tout seul avec sa femme et ses enfants dans une maison vide, qui avait un balcon d'où l'on voyait l'incroyable étendue bleue du Cassanje et la frontière du Congo, en bas, sur le fleuve des diamants, qui faisait sauter des écailles de lumière sur les pierres sans facettes. Les enfants se tordaient de ténias, sur ce balcon. La femme faisait du crochet des semaines durant, en pantoufles, des napperons ovales, où l'on pressentait des quartiers de Lisbonne perdus, avec leurs constellations de merceries douteuses autour des églises, dans un style gothique, type *Modes et Travaux* pour mariages de technocrates. La lampe à pétrole éclairait un dîner de La Tour où les visages ressemblaient à des pommes attentives découpées sur un fond incertain de ténèbres, et le village noir voisin, tourné vers l'intérieur de lui-même comme un philosophe qui médite, reculait dans l'obscurité avec ses feux épars et ses silhouettes accroupies qui rôtissaient les grillons gigotants du souper.

Soy basco...

Merde, moi aussi je suis venu ici parce qu'on m'a expulsé de mon pays à bord d'un navire plein de troupes depuis la cale jusqu'au pont et on m'a emprisonné dans trois tours de barbelés entourés de mines et de guerre, on m'a réduit aux bouteilles d'oxygène que sont les lettres de la famille et les photos de ma fille. Angola, à l'école primaire, c'était un rectangle rose sur la carte, des bonnes sœurs noires souriant sur le calendrier des Missions, des femmes avec des anneaux dans le nez, Mouzinho de Albuquerque (1) et des hippopotames, l'héroïsme de la Jeunesse Portugaise qui défilait sous la pluie d'avril, dans la cour du Lycée. Un ami noir de la faculté m'a emmené un jour dans sa chambre et il m'a montré la photo d'une vieille squelettique sur le visage de laquelle on devinait des générations et des générations de révolte pétrifiée.

— C'est notre *Guernica*. Je voulais que tu la voies avant que je m'en aille, car je suis appelé à l'armée et je m'enfuis demain en Tanzanie.

Et je n'ai compris cela que lorsque j'ai vu les prisonniers dans la caserne de la P.I.D.E., l'attente résignée de leurs gestes, les ventres gigantesques de faim des enfants, l'absence de larmes dans la terreur des regards. Il faut que vous compreniez, entendez-vous, que dans le milieu où je suis né, la définition de noir c'était « créatures adorables quand ils sont petits », comme si on parlait de chiens ou de chevaux ou d'animaux étranges et dangereux qui ressemblent à des gens et qui dans l'obscurité du village noir de Santo António me criaient :

— Rentre dans ton pays, Portugais.

S'en foutant de mes vaccins et de mes médicaments et souhaitant intensément que je me casse la gueule sur la piste parce que ce n'était pas eux que je soignais, mais la main d'œuvre bon marché

---

(1) Héros portugais du XIXe siècle qui a vaincu de grandes révoltes noires.

des propriétaires terriens, dix-sept escudos la journée de travail, un escudo par sac de coton, ceux que je soignais à travers eux c'était le blanc de Malanje ou de Luanda, le blanc au soleil sur l'île, le blanc d'Alvalada (1), le blanc du club Ferroviaire qui refusait dédaigneusement de causer avec les militaires.

— Nous n'avons besoin de vous pour rien.

De sorte que cette *Guernica*-là s'est transformée, petit à petit, en ma propre *Guernica,* de la même manière que je suis devenu *basco y amigo intimo del cabrón Francisco Franco* et que j'ai rangé les vaccins et les médicaments dans leurs boîtes et je suis retourné à la clôture de barbelés et aux manguiers de Marimba, je suis arrivé au poste de secours, j'ai fermé la porte, je me suis installé à mon bureau et je me suis soudain senti, vous savez ce que c'est, acculé comme une bête.

---

(1) Quartier résidentiel construit dans les années 50.

S

Sofia, j'ai dit dans le salon : Je reviens tout de suite, et je suis venu ici et je me suis assis sur la cuvette des w.-c., devant le miroir où tous les matins je me rase, pour parler avec toi. Il me manque ton sourire, tes mains sur mon corps, les chatouilles de tes pieds sur mes pieds. Il me manque la bonne odeur de tes cheveux. Cette salle de bains est un aquarium en carreaux de faïence que le spot du plafond éclaire obliquement, traversant l'eau de la nuit où ma figure se meut en gestes lents de méduse, mes bras acquièrent le spasme de l'adieu sans os des pieuvres, mon torse réapprend l'immobilité blanche des coraux. Quand je savonne mon visage, Sofia, je sens les écailles de verre de ma peau sous mes doigts, mes yeux deviennent saillants et tristes comme ceux des daurades sur la table de la cuisine, des nageoires d'ange naissent sous mes aisselles. Je m'arrête pour me dissoudre dans la baignoire pleine, comme j'imagine que les poissons meurent, évaporés dans une petite écume visqueuse à la surface de l'eau, comme les poissons meurent certainement dans la rivière, les orbites pourries qui surnagent. Sophie, ici, aube après aube, quand aucun jour ne souligne encore en vert les toits et que les lumières se détachent, nettes, dans le noir, à la manière de verrues phosphorescentes, quand l'ampleur des ténèbres de Lisbonne m'enveloppe dans ses plis effroyables et mous, je viens verser craintivement dans les w.-c. une urine furtive d'enfant, poussé par la main énorme de la mère que je n'ai plus. Maintenant, Sofia, que je suis un homme, que j'habite seul et que le concierge me salue avec une révérence respectueuse, une certitude étrange m'assaille parfois : je suis un poisson mort dans cet aquarium de carreaux de faïence, qui accomplit un rituel quotidien entre le miroir et le bidet avec le découragement des morts quand ils se meuvent, peut-être, sous la terre, en se regardant les uns les autres avec des pupilles d'une inexprimable terreur. Il me manque ton ventre contre mon ventre, la forêt de tes cuisses noires enroulées aux miennes, ton sourire mystérieux et chaud et fort de femme que la P.I.D.E., le Gouvernement, les conducteurs de tracteurs de la C.E.T.E.C. (1), la gourmandise de l'administrateur et la furie sadique et perverse des blancs ont laissé intact dans sa gaie cascade victorieuse. Il me manque ton lit pour ma longue fatigue d'européen qui a huit siècles d'Infantes en pierre sur le dos, il me manque ton vagin ensoleillé pour y ancrer ma honte de la tendresse, mon pénis en érection qui s'incline vers toi comme les mâts s'inclinent dans la direction du vent, cette soif d'amour rageur que je te cache. Sofia, je m'installe sur la cuvette des w.-c. comme une poule qui prend ses aises pour pondre, secouant les plumes de mes fesses fanées sur l'auréole de plastique, je lâche un œuf d'or qui laisse sur la faïence une trace ocre de merde, je tire la chasse, je caquète avec un contentement de pondeuse et c'est comme si cette mélancolique prouesse justifiait mon existence, comme si m'asseoir ici, nuit après nuit, devant le miroir, en observant dans la glace les marques jaunes des cernes et les rides qui se multiplient autour de la bouche formant une toile d'araignée fine et mystérieuse identique à celle qui recouvre, légèrement, les tableaux de Léonard, m'assurait que tant d'années après t'avoir laissée je suis en vie, je dure, Sofia, dans cet aquarium

---

(1) Compagnie de construction de routes, pro-gouvernementale.

de carreaux de faïence que le spot du plafond éclaire obliquement, un poisson mort à la surface de l'eau, les orbites pourries qui surnagent.

Je t'ai connue à Gago Coutinho, un samedi matin, quand les lavandières venaient à la clôture rendre le linge repassé des soldats et qu'elles restaient accroupies, en attendant, sur un talus près du passage à niveau démantelé de la porte d'armes, à bavarder dans un langage étrange que je comprenais mal, mais qui s'apparentait au saxophone de Charlie Parker quand il ne crie pas sa haine blessée par le monde cruel et ridicule des blancs. L'odeur putréfiée de la terre rouge d'Afrique nous donnait mal au cœur comme celle des morts dans un hôpital, les insectes de l'Est s'entre-dévoraient en silence dans les broussailles et les lavandières, le linge propre enveloppé dans des tissus multicolores, laissaient les soldats passer la main sur leurs reins, sur leur dos, sur leur poitrine, sous l'énorme et dense et fixe soleil d'Angola, pendant qu'elles se moquaient, en causant les unes avec les autres, du désir anxieux des blancs, de leur gaucherie et de leur précipitation et aussi de l'odeur de cadavre, qu'ils portaient sur eux depuis le bateau de Lisbonne, des hommes changés en larves, le fusil assassin dans les pattes, par un Portugal de sbires.

Le samedi matin, les vieux se réunissaient au centre du village noir autour d'une calebasse de tabac et faisaient sortir par le nez et par la bouche des fumées brunes et sereines comme des locomotives anciennes, la haine de l'occupant écrite en grandes lettres rouges sur leur indifférence végétale. C'étaient les vieux de Nengo, de Lusse, de Luate, les vieux de Cessa et de Mussuma, les vieux de Languina et de Lucusse les vieux de Narriquinha, les vieux du Chalala, les vieux et fiers Luchaz, seigneurs des Terres de la Fin du Monde, venus il y a des siècles de l'Ethiopie, en migration successives, ils avaient expulsé les Hottentôts, les Kamessekeles, les peuples qui habitaient ce pays de sable et de nuits froides où les arbustes tremblaient quand ils étaient effleurés par les apparitions phosphorescentes des dieux. Des vieux libres que les gros fusils des miliciens, les visages triangulaires de lézards furieux des Pides, la rancœur de l'Etat colonial qui les traîtait comme une race ignominieuse, avaient transformé en misérables esclaves des barbelés, qui crachaient sur la terre sombre la salive fumante du tabac, en crachats lourds de mépris.

Les vieux se réunissaient au centre du village, les cabiris aboyaient après les poules maigres, de case en case, un pollen impalpable et très léger, semblable à celui qui se dégage des boîtes à fard anciennes, accumulées dans les tiroirs gauches de la pièce aux armoires de mon enfance, descendait des arbres immobiles comme des pierres créant d'étranges racines de basalte dans la terre hallucinée d'Afrique. Le commandant haussait les épaules dans son cabinet blindé, lui aussi esclave des barbelés et des maîtres de la guerre orgueilleux et inhumains qui, à Luanda, en piquant des points colorés sur leurs cartes géographiques, nous tuaient un à un, et moi, je te regardais, Sofia, accroupie sur le talus dans la tache verte, bleue et noire des femmes, des femmes qui bavardaient et qui riaient et qui se moquaient des doigts des soldats qui les touchaient anxieusement, des femmes Luchaz qui ouvraient pour les blancs les vulves de leurs cuisses désintéressées, dans les cases pleines du silence humide, des enfants muets dans un coin, jouant avec des bouts de bambou aux jeux solennels des enfants.

Je t'ai connue, un matin de samedi, Sofia, et ton rire de prisonnière libre, harmonieux et étrange comme le vol des corbeaux que Van Gogh avait peint avant de se tuer au milieu des blés et du soleil, m'a touché autant qu'un geste de tendresse irrépréssible me touche, si je me sens plus seul, ou autant que les chuchotements des mots dans notre maison à Benfica, près du cimetière, entourée des lamentations douces et tristes des défunts.

Moi, j'en avais marre de la guerre, Sofia, marre de la méchanceté obstinée de la guerre, et d'écouter de mon lit les plaintes des camarades assassinés qui me poursuivaient dans mon sommeil en me demandant de ne pas les laisser pourrir emmurés dans leurs cercueils de plomb, inquiétants et froids comme le profil des oliviers, marre d'être une larve parmi les larves dans la chambre ardente du mess que le moteur de l'électricité éclairait en vacillements hésitants prêts à s'évanouir, marre du jeu de dames des capitaines âgés, et des blagues mélancoliques des sous-lieutenants, marre de travailler nuit après nuit dans l'infirmerie, mouillé jusqu'au coude du sang visqueux et chaud des blessés. J'en avais marre, Sofia, et tout mon corps implorait le calme que l'on ne rencontre que dans les corps sereins des femmes, dans la courbure des épaules des femmes où nous pouvons reposer notre désespoir et notre peur, dans la tendresse sans sarcasme des femmes, dans leur douce générosité, concave comme un berceau pour mon angoisse d'homme, mon angoisse chargée de la haine de l'homme seul, le poids insupportable de ma propre mort sur le dos. Le fourrier infirmier, qui avait des orbites décolorées et saillantes comme un cheval aveugle et dans les entrailles une grande panique d'être en Afrique, t'a amenée par un bras, un bras sombre et rond et ferme et jeune, à l'endroit de la clôture, devant la route blanche vers Luso, où j'étais resté à te regarder et au-delà de toi l'étendue vert-de-gris de la brousse que les machines de la C.E.T.E.C., stupidement, tronc après tronc, jetaient à bas, et il m'a demandé, d'une voix souffreteuse, identique à une antenne qui se rétracte, timidement, se craignant elle-même, la voix dont mes camarades assassinés m'appelaient dans mon sommeil, les cheveux entourés de gazes inutiles en lambeaux flottant au milieu du désordre mouillé des mèches de cheveux, la voix de mon chien mort il y a très longtemps et qui flaire le figuier du jardin en échos de hurlements qui s'évaporent dans ma mémoire :

— Docteur vous avez besoin d'une lavandière ?

Je n'avais pas besoin d'une lavandière, Sofia, parce que les brancardiers lavaient mes chemises et mes serviettes, mes slips et mes chaussettes, mais j'avais besoin de toi, de l'arôme fruité de ton ventre, de ton pubis tatoué, du collier de pierres de verre qui te prenait la taille, de tes pieds durs et longs comme ceux d'un oiseau de rivière qui circule de galet en galet avec une majesté nerveuse.

Moi, j'en avais marre de la guerre, Sofia, marre de voir arriver les blessés de la piste, sur des bâches improvisées en brancards, les blessés dont les bouches s'ouvraient et se fermaient en appels indéchiffrables et plaintifs comme les appels de la mer, la mer de la Praia das Maçãs qui venait mugir dans mes draps de ses cris de taureau en rut, écumant par les narines des vagues bouillantes. Mes frères et moi, réveillés, nous écoutions sans comprendre le langage rauque de la mer, pliés sur les matelas humides, au-dessus de la pharmacie comme des fœtus apeurés, nous écoutions sans comprendre le taureau de la mer qui cognait et qui cognait contre la porte de la chambre, qui sautait par-dessus la muraille et qui courait à corps perdu par les rues, qui couchait son énorme museau glacé sur l'oreiller tout près de nous pour essayer de dormir, parce que la mer, Sofia, souffre de l'insomnie tenace des morts qui faisaient craquer les planchers de la maison à Benfica de leurs insupportables pas gazeux.

Moi, j'en avais marre, de la guerre, de me pencher jusqu'à l'aube sur des camarades agonisant sous la lampe verticale de la salle d'opérations improvisée, marre de notre sang si cruellement versé, marre d'aller dehors pour fumer une cigarette juste avant le jour, dans la nuit complète et sombre qui précède le jour, dans la nuit complète, dense, illimitée et sombre qui précède le jour, et de voir subitement un ciel serein et arrondi peuplé d'étoiles inconnues, non pas le ciel de lavande et de naphtaline de Benfica, ni le ciel dur de pins et de granit de la Beira, ni même le ciel d'eau orageuse de la Praia das Maçãs, où je naviguais au hasard comme un bateau à la dérive, mais le ciel serein, haut, inaccessible de l'Afrique et ses constellations qui brillaient, géométriques, à la manière de prunelles ironiques. Debout, devant la porte de la salle d'opérations, les chiens de la caserne en train de flairer mes vêtements, assoiffés du sang de mes camarades blessés en taches sombres sur mes pantalons, ma chemise, les poils clairs de mes bras ; je haïssais, Sofia, ceux qui nous mentaient et nous opprimaient, nous humiliaient et nous tuaient en Angola, les messieurs sérieux et dignes qui, de Lisbonne, nous poignardaient en Angola, les politiciens, les magistrats, les policiers, les bouffons, les évêques, ceux qui aux sons d'hymnes et de discours nous poussaient vers les navires de la guerre et nous envoyaient en Afrique, nous envoyaient mourir en Afrique, et tissaient autour de nous de sinistres mélopées de vampires.

La nuit du jour où je t'ai connue, après le dîner, j'ai fui les dames des capitaines âgés, et le poker des sous-lieutenants, j'ai chassé les chiens qui rôdaient autour du mess en ellipses de faim soumises et têtues, maintenant que la population du village noir leur disputait les rats du maquis, les petits animaux avides et timides du maquis qui flairent nos ombres de blancs avec une crainte inquiète, et je suis sorti par le passage à niveau, démantelé, de la porte d'armes en direction de la tache confuse que fait le village noir en bas, d'où montait l'odeur du manioc comme un relent de caveau, le manioc qui sèche sur les toits des paillotes semblable aux os que monsieur Joaquim, qui vendait les squelettes aux étudiants en médecine, achetait au fossoyeur du cimetière du Alto de São João, et qu'il faisait sécher dans sa mansarde du Campo de Santana (1), empoisonnant doucement la triste odeur citadine des arbres du jardin.

J'aurais juré que tu m'attendais, Sofia, au-delà des gros murs de

---

(1) Square de Lisbonne, près de la faculté de médecine

glaise qui conservaient encore, dans leur dureté, les marques des doigts anonymes de ceux qui les avaient érigés, car la porte en bois s'est ouverte sans que j'y touche, sur une obscurité encore plus obscure que celle de la nuit, mais peuplée du silence des respirations et des murmures, d'un caquètement bas de poules endormies, du dos fugitif d'un cabiri, de ta main, Sofia, qui me guidait dans les ténèbres comme un jour, quand je serai aveugle me guidera ma fille, elle me guidait à travers l'obscurité et le silence et je sentais ton rire victorieux immobile sur ta bouche, rire de femme libérée qu'aucun type de la P.I.D.E., aucun militaire, aucun cipaye ne ferait taire, ton rire que même aujourd'hui, dans cet aquarium en carreaux de faïence aseptique et odieux, j'entends encore assis sur la cuvette, regardant dans la glace mon visage qui a irrémédiablement vieilli, mes phalanges jaunies par les cigarettes les cheveux blancs, que je n'avais pas, les rides, Sofia, qui marquent mon front de la molle fatigue de ceux qui, en définitive, ont renoncé.

J'aurais juré que le creux du matelas de paille avait la forme exact de mon corps, comme si depuis toujours tu m'attendais patiemment, que la largeur de ton vagin était miraculeusement à la mesure de mon pénis, que le fils métis qui ronflait dans le berceau en bas — que le commerçant Afonso, gras, roux et douteux, tenait pour sien et qu'il recevait de temps en temps avec une tape dédaigneuse sur le dos, dans sa boutique étroite et nauséabonde de poisson séché — prolongeait dans ses traits au repos quelque chose de mes traits d'antan, quand l'amertume et la souffrance de la guerre ne l'avaient pas encore transformé en une espèce de bête blasée et cynique, procédant mécaniquement à l'acte d'amour avec des gestes indifférents et absents de commensaux solitaires dans les restaurants qui regardent en eux-mêmes les ombres mélancoliques qui les habitent.

Tu m'attendais, Sofia, dans l'épaisse nuit de ta maison, au

village, tu allumais une mèche imbibée de pétrole dans une bouteille et les élans de clarté pâle et intermittente me révélaient, par endroits, des boîtes de conserve sur des étagères, un panier de linge, le carré clos de la fenêtre, une vieille accroupie dans un coin en train de fumer la pipe de bambou dans une absolue quiétude, une vieille très vieille dont les cheveux crépus étaient plus blancs que le coton de Cassanje et dont les seins plats et vides collaient aux côtes comme les paupières creuses des morts adhèrent aux orbites vides. Tu m'attendais, Sofia, et il n'y a jamais eu entre nous la moindre parole, parce que tu entendais mon angoisse d'homme, mon angoisse chargée de haine d'homme seul, l'indignation que ma lâcheté provoquait en moi, mon acceptation soumise de la violence et de la guerre que les messieurs de Lisbonne m'avaient imposées, tu entendais mes caresses désespérées et la tendresse craintive que je te donnais, et tes bras descendaient lentement le long de mon dos, sans colère, ni sarcasme, ils montaient et descendaient lentement le long de la sueur glacée de mes flancs, ils étreignaient doucement ma tête contre ton épaule ronde, et moi, j'étais certain, Sofia, que tu souriais dans le noir, de ce rire silencieux et mystérieux des femmes lorsque les hommes redeviennent soudain des enfants et s'abandonnent comme des fils sans défense et fragiles, exténués d'avoir lutté en eux contre ce qui en eux-mêmes les révolte.

Ta maison, Sofia, sentait la vie, quelque chose de vivant et de gai, comme ton rire subit, quelque chose de chaud et sain et délicat et invincible, et moi qui venait de la caserne et de l'amertume désespérée des officiers qui en ont assez de tuer et de voir mourir, tordus, comme moi par les coliques douloureuses du mal du pays et de la peur, je retrouvais le goût de l'enfance auprès de toi, le goût des ongles de Gija sur mes reins, le goût de mon grand-père qui se penchait sur mon sommeil et me laissait sur la tempe un baiser comme une violette, le même goût que celui que me laissait ma tante Madeleine quand elle me disait « Mon fils » et me touchait les cheveux, moi qui étais tout le temps dans ma chambre, dédaigneusement solitaire, regardant de temps à autre le figuier du jardin et faisant trembler dans mes tripes les champignons de fièvre d'un isolement intérieur lancinant.

Parce que j'ai toujours été isolé, Sofia, à l'école, au lycée, à l'université, à l'hôpital, dans le mariage, isolé avec mes livres trop lus et mes poèmes prétentieux et vulgaires, avec l'anxiété d'écrire et la panique torturante de ne pas en être capable, de ne pas réussir à traduire en mots ce que j'avais envie de hurler aux oreilles des autres et qui était Je suis ici, Remarquez comme je suis ici, Ecoutez jusqu'à mon silence et comprenez, mais on ne peut pas comprendre, Sofia, ce que l'on ne dit pas, les gens regardent, ne comprennent pas, s'en vont, causent les uns avec les autres, loin de nous, nous oublient, et nous nous sentons comme les plages en octobre, désertées par les pieds, que la mer attaque et abandonne avec le même balancement inerte que celui d'un bras évanoui. J'ai toujours été seul, ici, Sofia, même dans la guerre, surtout dans la guerre, parce que la camaraderie de la guerre est une camaraderie faite de fausse générosité, faite d'un inévitable destin que l'on subit ensemble sans le partager effectivement, couchés dans le même abri pendant que les mortiers éclatent comme des ventres remplis de fer blessé des cancéreux dans les infirmeries des hôpitaux, pointant vers le plafond des nez aigus comme des oiseaux qui pourrissent ; tout seul, même dans la mission abandonnée assis avec le lieutenant sur la banquette arrière de la jeep, sous les acacias, en train d'écouter les insectes et les oiseaux et le silence assourdissant de l'Afrique, tout seul dans l'infirmerie parmi les blessés qui gémissaient et qui pleuraient et qui m'appelaient pendant des nuits sans fin, pliés en deux de peur et de douleur. Quelle imbécilité, cette guerre, Sofia, c'est moi qui te le dis, ici, assis sur la cuvette des w.-c. devant le miroir qui me vieillit implacablement, sous cette lumière d'aquarium et ces carreaux de faïence vitrifiés, ces métaux, ces flacons, ces objets sans arêtes, quelle imbécilité cette guerre dans une Afrique miraculeuse et ardente où il faisait bon naître avec le tournesol, le riz, le coton et les enfants dans un élan de geiser, fumant et triomphal.

Pourquoi les femmes noires, Sofia, demeurent-elles silencieuses pendant qu'elles accouchent, silencieuses et sereines sur les nattes, à mesure que la tête d'un enfant sort lentement de l'intervalle des cuisses, prend forme, se dégage, une épaule se débarrasse du pli de l'utérus qui le retient, le torse glisse au-dehors du vagin comme le pénis après le coït, dans un mouvement unique, implacable et lisse, indolore, juste la douce séparation de deux vies, le simple éloignement de deux corps qui ne se rejoindront jamais plus, tout comme nous, Sofia, nous nous sommes perdus ; quand je suis arrivé chez toi et que la porte ne s'est pas ouverte, j'ai gratté le bois avec mes ongles, j'ai tourné autour du mur, à l'écoute, et un mutisme vide m'a répondu, aucune respiration aucun caquètement suave de poules dans leur sommeil ne m'est parvenu par les fentes du mur, par les interstices de la terre cuite, par les mèches brossées de la broussaille du toit, j'ai gratté à nouveau le bois et la vieille, sa pipe à la bouche, a ouvert le judas de la porte, a fait glisser sur moi un regard minéral, le pagne ondulait légèrement autour de son ventre fané, je me suis approché d'elle, j'ai jeté un œil dans la maison, la mèche de pétrole éclairait le lit désert, les plis calcaires des draps, les boîtes oxydées sur l'étagère, l'horrible concavité de l'absence. La vieille a retiré la pipe de sa bouche comme quelqu'un qui décolle difficilement un timbre d'une enveloppe, elle a lancé vers mes cuisses un crachat sombre comme un nuage de pluie, les lèvres se sont entourées de plis concentriques comme un anus, la pipe allumée a laissé échapper une volute tremblante dans l'air et la vieille a dit :

« Le 'sieu d' la P.I.D.E. a emmené. »

C'était ta mère, ou ta grand-mère, et il n'y avait aucun sentiment apparent de tristesse ou d'alarme dans le ton de sa voix, ou s'il y en avait, je ne l'ai pas remarqué, tant j'étais stupéfait de l'entendre parler, comme je l'aurais été si une chaise ou une table eussent récité soudain, d'une voix grave un des sonnets d'Antero, de mon père.

Le lendemain, en allant à l'hôpital civil, je suis passé par la caserne de la P.I.D.E. où les prisonniers labouraient le champ des agents sous la vigilance féroce d'un geôlier armé, adossé à l'ombre de la bâtisse comme une hyène tendue avant de sauter, gardant des hommes et des femmes maigres, presque nus, la tête rasée, enflés par les coups de pied et les giffles, s'inclinant vers le sol en gestes mous de cadavres ajournés. Je suis entré au quartier de la P.I.D.E., Sofia, et en passant le portail je tremblais de peur et de dégoût, et j'ai demandé des nouvelles de toi au chef de brigade qui, à côté de la Land Roover, donnait des instructions à deux créatures pâles, le pistolet à la ceinture, qui prenaient des notes appliquées sur des blocs à spirales comme des lycéens. Le salaud a gloussé d'un rire content de moine devant un banquet de burettes :

« Elle était appétissante, hein ? Elle était de connivence avec les révolutionnaires. Commissionnaire, vous pigez ? On l'a passée en tournée générale, histoire de vidanger mes gars, et ensuite on lui a donné son billet pour Luanda. »

Il faut que je revienne au salon Sofia, c'est presque l'aurore et le whisky s'évapore des murs de mon corps comme une haleine embuant une vitre, il me laisse titubant, affligé, contre la lucidité blasée de l'aube quand le vent du passé souffle, par le nez épuisé, la rumeur transparente de sa tristesse. L'arbre de mon sang déploie ses branches transies, innombrables ; par tous mes membres, répandant sur ma peau un brouillard aussi mélancolique que celui de ma ville en novembre, ma ville usée et humble qui se réveille, maison après maison, pour son quotidien de notaire. Et je sors de cet aquarium de faïence comme je suis sorti du quartier de la P.I.D.E., où les prisonniers sarclaient la terre avec des gestes courts et mous de cadavres, sans le courage d'un cri d'indignation ou de révolte, pour finir d'accomplir cette nuit, comme jadis j'ai accompli, sans protester, vingt-sept mois d'esclavage sanglant, je vais dans le couloir, Sofia, j'éteins la lumière et je recommence à rire du rire de moine, fils de putain dépourvu de joie du chef de brigade près de la Land Roover, desserrant les dents énormes avec la satisfaction d'une hyène. Parce que c'est cela que je suis devenu ou qu'on m'a fait devenir : une créature vieillie et cynique qui rit d'elle-même et des autres du rire envieux, aigre, cruel des défunts, le rire sadique et muet des défunts, le rire répugnant et gras des défunts, et en train de pourrir de l'intérieur, à la lumière du whisky, comme pourrissent les photos dans les albums, péniblement, en se dissolvant lentement dans une confusion de moustaches.

T

Non, sérieusement, attendez, laissez-moi dégraffer votre soutien-gorge. On éteint une des lumières de la table de nuit, un voile pudique de pénombre descend sur les draps comme le visage des graves dames inconnues lors des visites de condoléances de mon enfance, installées autour d'une théière d'argent pour des thés solennels, effleurant légèrement les assiettes de biscuits avec des mains gantées de daim. Moi, j'enlève mes chaussettes assis sur le lit, vous luttez contre la fermeture éclair de votre pantalon avec l'impatience d'un chauffeur de taxi devant un feu rouge, et il est possible qu'avec un peu de chance, une douce atmosphère conjugale plane dans cette chambre, faite d'une toile d'habitudes communes, patiemment conquises. Mais laissez-moi dégraffer votre soutien-gorge : j'adore ces petits crochets compliqués qui s'ouvrent toujours à l'envers de ce qu'on avait pensé au début, et les seins qui, à la fin, me laissent dans la main leur enveloppe de tissus, comme les serpents suspendent aux arbustes leurs peaux abandonnées. Avez-vous déjà remarqué que les seins naissent des robes comme des lunes, ronds, blancs, tendres, opalins, d'une clarté intérieure tiède faite de veines et de lait, se levant sur la ville couchée de mon corps avec une lenteur triomphale. J'aime voir les seins surgir de mes flancs, monter indifférents, jusqu'à mes baisers tremblants et assoiffés, et couvrir du nuage d'un bras leur calme suavité, me pencher sur l'aréole des mamelons avec des attentions gauches d'astronaute, poser mon front sur l'intervalle concave qui les sépare, et sentir dans moi, les yeux fermés, la tranquillité profonde d'une mer finalement au repos, touché légèrement par le halo indécis d'une poitrine qui se réveille.

Allongé à côté de vous et de votre profil nu et immobile, comme celui d'une défunte, de vos cuisses répandues sur les draps, du petit bosquet touchant, géométrique et fragile du pubis, des poils roux du pubis que la lumière rend nets et précis comme les branches des peupliers au crépuscule, il me vient à l'esprit l'image du soldat de Mangando qui s'est installé sur le dos dans son lit, a appuyé son arme à son cou, a dit Bonne Nuit, et la moitié inférieure de son visage a disparu dans un fracas horrible, le menton, la bouche, le nez, l'oreille gauche, des morceaux de cartilage et d'os et de sang se sont enfoncés dans le zinc du plafond comme des pierres s'incrustent dans des bagues, et il a agonisé pendant quatre heures dans le poste de secours, se débattant, malgré les piqûres successives de morphine, rejetant un liquide pâteux par le trou sans lèvres de sa gorge.

J'étais assis à l'orée de la forêt de Marimba, en train de regarder la nuit et les insectes fantastiques qui habitent la densité sombre de l'Afrique et que les ténèbres inlassablement secrètent et expulsent, à l'orée de la forêt de Marimba accolée à la maison de l'institutrice dont les hanches étroites se dissolvaient en douloureuses et interminables règles. Les baleines de parapluie des chauves-souris tournoyaient comme des papiers au vent sous l'immense muraille des manguiers, la Baixa de Cassanje était un Alentejo (1) embrumé d'enthousiasme ardent, de la furieuse gaité d'Angola où même la souffrance et la mort acquièrent des résonnances triomphales de victoire, quand on est venu, de la radio, m'avertir du coup de fusil.

(1) Plateau immense, au sud du Tage.

Un type s'est donné un coup de fusil à Mangando, le fourrier infirmier a poussé les seringues et les fers dans un sac, l'escorte nous attendait déjà près du mess des sergents, nous sommes partis en sautant vers le nord, réveillant les hiboux qui dormaient, accroupis sur la piste et qui agitaient leurs ailes devant les phares comme les noyés s'ébattent, près de la plage, dans un affolement désordonné de plumes.

Mangando, Marimbanguengo, Bime et Caputo, voilà les points cardinaux de mon angoisse : Bimbo et Caputo étaient des villages noirs enfermés dans la brousse, policés par des miliciens et des M.P., épiés par des informateurs de la P.I.D.E., et par les blancs de l'O.P.U.D.C.A. (1), sorte de flics laïcs, vêtus comme les chasseurs d'hippopotames et d'éléphants des livres de gravures de mon enfance, des livres du grenier de l'oncle Eloi, dans lesquels des hommes chaussés de bottes hautes et portant un fusil à deux canons étaient rieusement installés sur d'énormes pierres grises qui étaient des animaux inertes. De la fenêtre du grenier on apercevait la prison de Monsanto que j'imaginais pleine de créatures simiesques, mal rasées, faisant bouger les barreaux d'un regard halluciné et scintillant, et dont je croyais entendre la respiration, collée à mon oreille quand je me réveillais au milieu de la nuit, ce qui me paralysait de terreur. Mon oncle Eloi remontait les pendules suspendues aux murs, on buvait de l'*anis del mono* dans des petits verres bleus, une douce paix intemporelle descendait du buffet, comme du visage de quelqu'un qu'on aime. L'oncle Eloi, pensais-je en faisant des bonds sur la piste vers Mangando, les après-midis de Benfica, en été, lourdes comme des fruits bruissants de lumière, la voix de Chaby Pinheiro (2) dans le gramaphone à pavillon qui récitait d'une voix rauque des vers entremêlés de cliquetis et de

(1) Mercenaires.
(2) Acteur fameux du début du siècle qui a enregistré alors beaucoup de poèmes.

sifflements, dans quel tréfonds de moi-même ai-je laissé se perdre cette innocence ? Les phares du véhicule arrachaient les arbres à la nuit, les tirant violemment vers eux, les pluies avaient creusé d'énormes dénivellations sur cette route improvisée, à Bimba et à Caputo, des *soba* fantoches, imposés par le Gouvernement, s'enfermaient, craintifs, derrière la protection de leurs paillottes, tout contre les pagnes du Congo de leurs femmes. Les fascistes ont fait de grandes erreurs en Afrique, vous comprenez, de grandes et stupides erreurs en Afrique, parce que le fascisme, heureusement, est stupide, suffisamment stupide et cruel pour se dévorer lui-même, et l'une d'entre elles a été de remplacer les chefs de sang, les nobles, altiers et indomptables chefs de sang, par de faux *soba,* que le peuple raillait et méprisait, feignant de les vénérer devant les blancs satisfaits, mais les méprisant en secret, car ils continuaient à obéir aux véritables autorités cachées dans la jungle, le *soba* Caputo, par exemple, a pris la statue en bois du dieu Zumbi et a disparu dans la nuit, et ses gens, perplexes, contemplaient la niche vide avec une consternation affligée et recevaient ses instructions par les tambours qui aboyaient dans les ténèbres de toutes leurs énormes tempes retentissantes d'échos.

Mangando, Marimbanguengo, Bimba et Caputo : à Mangando et Marimbanguengo les troupes stationnées grelottaient de paludisme et d'anxiété, des soldats à demi-nus titubaient dans la chaleur insupportable de la caserne, où les relents de sueur et de corps mal lavés donnaient le vertige comme le fait l'haleine nauséabonde des cadavres sur lesquels on se penche dans l'espoir de quelques tristes paroles pourries que les morts lèguent aux vivants dans un bouillonnement de syllabes informes. A Mangando et à Marimbanguengo, j'ai vu la misère et la méchanceté de la guerre, l'inutilité de la guerre dans les yeux d'oiseaux blessés des militaires, dans leur découragement et leur abandon, le sous-lieutenant en culotte affalé sur la table, des chiens errants qui léchaient des restes sur la piste, le drapeau pendant de sa hampe qui ressemblait à un pénis sans force, j'ai vu des hommes de vingt ans assis à l'ombre, en silence, comme les vieux dans les parcs, et j'ai dit au fourrier infirmier qui désinfectait le genou avec de la teinture d'iode : C'est impossible qu'un de ces jours nous n'ayons pas par ici une merde quelconque, parce que, vous savez ce que c'est, quand les hommes de vingt ans s'assoient comme cela à l'ombre, dans un délaissement aussi complet, quelque chose d'inattendu et d'étrange et de tragique arrive toujours, jusqu'au moment où on est venu m'informer de la radio. Un type s'est donné un coup de fusil à Mangando et j'ai couru vers la voiture où l'escorte m'attendait, encore en train de se préparer et nous sommes partis vers le Nord, en faisant des bonds sur la piste que la pluie avait détruite.

C'est bizarre de vous parler de cela pendant que je vous caresse les seins, vous parcours le ventre, cherche avec mes doigts la jonction humide des cuisses où commence réellement le monde, parce que c'est depuis les jambes de ma mère que j'ai regardé pour la première fois, avec des orbites récentes comme des pièces neuves, l'univers bruissant et étrange des adultes, leur inquiétude et leur hâte. C'est bizarre de vous parler de cela à Lisbonne, dans cette chambre tapissée d'un papier à fleurs qu'une fiancée a choisi avant de s'évaporer de moi, de disparaître de ma vie aussi soudainement et de biais qu'elle y était entrée, et de me laisser aux tripes une espèce de blessure qui me fait encore mal quand je la touche, dans cette chambre d'où l'on voit le fleuve, les lumières de l'autre rive, le gros bleu phosphorescent de l'eau. Si bizarre, vous entendez, que je me demande parfois si la guerre est vraiment terminée ou si elle continue encore, quelque part dans moi avec ses odeurs dégoûtantes de sueur et de poudre et de sang, ses corps désarticulés, ses cercueils qui m'attendent. Je pense que, quand je mourrai, l'Afrique coloniale reviendra à ma rencontre, et je chercherai, en vain, dans la niche du dieu Zumbi, les yeux de bois qui n'y sont plus, que je verrai, à nouveau, la caserne de Mangando en train de se dissoudre dans la chaleur, les noirs des villages dans le lointain, la manche à air de la piste d'aviation s'envolant en signes d'au revoir moqueurs que personne ne recevait. A nouveau ce sera la nuit et je descendrai de l'*unimog* en direction du poste de secours où le type sans visage agonise, éclairé par le *petromax* qu'un caporal tient à la hauteur de ma tête et contre lequel les insectes se défont dans un petit bruit chitineux de friture.

Le type sans visage agonise dans une agitation incontrôlable, attaché à la table d'examen en fer qui oscille et qui vibre et qui paraît se défaire à chacune de ses secousses et qui gémit par la lèpre rouillée de ses joints. Des gueules curieuses guettent aux fenêtres, une petite grappe de gens s'accumule à la porte pour assister, fascinée et paniquée, au sang et à la salive qui sortent à gros bouillons par la gorge inexistante, aux sons indéchiffrables que ce qui reste du nez émet, aux yeux que la poudre a crevés comme des œufs durs qui explosent. Les ampoules de morphine successivement injectées dans le deltoïde semblent éperonner, de plus en plus, le corps attaché qui se retourne et se tord, et le *petromax* multiplie sur les murs des ombres qui confluent, se superposent et s'éloignent, formant une danse frénétique de taches sur la géométrie sale du stuc. J'ai envie d'ouvrir la porte d'un coup, de l'abandonner là, de sortir de là, de trébucher dehors, au hasard, sur les chiens de la caserne et sur les gosses étonnés qui s'enroulent autour de nos jambes, de respirer l'air de l'Afrique qui ressemble à du coton humide, de m'asseoir sur les marches d'une vieille demeure de colon, les mains sous le menton, vide d'indignation, de remords, de pitié, pour me souvenir des iris couleur de maquis de ma fille sur les photos qu'on m'envoie par la poste, de Lisbonne, et d'imaginer que je surveille son sommeil, penché au-dessus des linges de son berceau dans un dévouement ému. Les grillons de Mangando remplissent la nuit de bruits, un son continuel, dilaté et grave monte de la terre et chante, les arbres, les arbustes, la miraculeuse flore d'Afrique se détache du sol et plane, libre, dans l'atmosphère épaisse de vibrations et de chuchotements, ce type attaché à la table d'examen agonise à un mètre de moi à la manière des grenouilles crucifiées sur les planches en liège du Lycée, je lui introduis ampoule après ampoule dans les muscles du bras, et je voudrais être à trois mille kilomètres de là en train de surveiller le sommeil de ma fille entre les linges de son berceau, j'aurais voulu ne pas être né pour ne pas assister à cela, à l'idiote et colossale inutilité de cela, je voudrais me trouver à Paris en train de construire des révolutions dans les cafés, ou en train de passer mon doctorat à Londres et de parler de mon pays avec l'ironie horriblement provinciale d'Eça (1), de parler de la confusion de mon pays à des amis anglais, français, suisses, portugais, qui n'auraient pas expérimenté dans le sang la vive et poignante peur de mourir, qui n'auraient jamais vu des cadavres mis en pièces par des mines ou des balles. Le capitaine aux lunettes molles répétait dans ma tête La révolution se fait du dedans, et je regardais le soldat sans visage et je réprimais les vomissements qui croissaient dans mon ventre et j'avais envie d'étudier l'Economie, ou la Sociologie, ou n'importe quelle foutaise à Vincennes, d'y attendre tranquillement, dédaignant mon pays, que les assassinés l'aient libéré, que les massacrés d'Angola aient expulsé la bande de lâches qui réduisait mon pays en esclavage, et alors revenir, compétent, grave, savant, social-démocrate, sardonique, transportant dans ma valise les livres et l'astuce facile de la dernière vérité sur papier.

Mangando, Marimbanguengo, Bimbe et Caputo : le type s'est enfin immobilisé dans une dernière secousse, ce qui restait de sa gorge a cessé de verser son bouillon anxieux, le caporal au *petromax* a laissé pendre son bras et les ombres se sont couchées

---

(1) Eça de Queirós, grand romancier portugais, mort en 1900, à Neuilly.

sur le plancher comme des chiens honteux et soudain immobiles.

Nous sommes restés longtemps a contempler le cadavre, maintenant calme, les mains mollement ancrées sur les cuisses, les bottes qui me paraissaient dilatées par un remplissage de paille, immobiles sur la plaque en fer blanc, mal peinte, de la table d'examen. Ceux qui guettaient par les fenêtres ont disparu des encadrements en direction de la caserne, le petit groupe tassé s'est dissout lentement dans un murmure indistinct, et moi, vous savez, j'aurais donné mon cul pour être loin de là, loin du gars mort qui m'accusait en silence, loin des ampoules de morphine qui s'entassaient, vides, dans le seau des pansements, parmi la gaze, le coton, les compresses, pour être à Paris en train d'expliquer dans un café comment on combat le fascisme, pour être à Londres en train de catéchiser avec du Marcuse les jambes d'une Anglaise éblouie, pour être à Benfica en train d'effleurer du doigt le front de ma fille qui dormait, en train de lire Salinger, devant les rideaux ouverts sur le figuier du jardin, où la nuit s'embrouillait comme mes mains maladroites embrouillaient les écheveaux de laine de mes tantes.

Non. Pas encore. Laissez-moi vous caresser lentement, sentir votre peau contre la mienne, le flanc, la courbure légère de la taille. J'aime la saveur de votre bouche, toucher avec la langue la plaque des dents qui me garantit une merveilleuse périssabilité, voir les paupières se baisser lorsque vos lèvres s'approchent, assister au morne abandon entier de votre corps. Ce lit est une île à la dérive sur la mer d'immeubles et de toits de Lisbonne, nos cheveux, les mèches pendantes de palmiers au vent, les phalanges qui se cherchent dans une reptation anxieuse de racines. Au moment où vos genoux s'écarteront doucement, vos coudes me serreront les côtes et votre pubis roux ouvrira ses pétales charnus dans une reddition humide de vulves chaudes et tendres, je pénètrerai en vous, vous entendez, comme un chien humble et galeux sous un escalier pour essayer d'y dormir, en cherchant un refuge impossible sous le bois dur des marches, parce que le type de Mangando et tous les types de Mangando et de Marimbanguengo et de Cessa et de Mussuma et de Ninda et de Chiume se lèveront, de leurs cercueils de plomb, à l'intérieur de moi, enveloppés dans des bandages sanguinolents qui s'envolent, exigeant de moi, dans leurs lamentations résignées de morts, ce que je ne leur ai pas donné, par peur : le cri de révolte qu'ils attendaient de moi et l'insoumission contre les seigneurs de la guerre de Lisbonne, ceux qui dans la caserne du Carmo (1) chiaient dans leur culotte et pleuraient honteusement, dans une panique vertigineuse, le jour de leur misérable défaite, devant la mer triomphale du peuple, qui entraînait dans son chant impétueux, comme le Tage, les maigres arbres de la place. Les types de Marimbo qui ont refusé la cantine et la ration du dîner et sont restés en rang dans la cour, le caporal le plus ancien à leur côté, un homme blond, sérieux, sans paroles, au garde-à-vous dans la cour, jusqu'à ce que l'officier de service, devant moi, le brise de coups avec la crosse du pistolet, le caporal tombait, se levait, se remettait au garde-à-vous, saignait du nez, des sourcils, de la bouche, la compagnie, en rang, regardait fixement devant elle, l'officier cognait à coups de pied le corps à quatre pattes qui cherchait à reprendre le béret pour le remettre sur sa tête et qui répétait Mon lieutenant, Mon lieutenant, Mon lieutenant avec un indestructible et patient entêtement et enfin la compagnie s'est mise en marche vers le réfectoire et a accepté l'eau de vaisselle de la ration. Ce n'était pas la ration qui était en cause, vous comprenez, nous tous, nous mangions la même nourriture trouble, presque pourrie, que les enfants du village noir munis de boîtes en fer rouillées convoitaient de leurs grandes orbites

(1) L'amiral Tomas, Marcelo Caetano et les ministres du régime ont été encerclés par les forces armées et le peuple en révolte le 25 avril 1974 dans la caserne de la gendarmerie de la place du Carmo à Lisbonne.

concaves de faim, pendus à la clôture, suppliants, c'était la guerre, cette saloperie de guerre, les calendriers immobiles pendant d'interminables jours sans fond, comme les tristes et suaves sourires des femmes seules, c'était les silhouettes des camarades assassinés qui rôdaient la nuit autour des casernements, causant avec nous de leur pâle voix jaune de défunts, nous regardant de leurs pupilles blessées et accusatrices comme celles des chiens errants squelettiques de la caserne. Les soldats croyaient en moi, ils me voyaient travailler dans l'infirmerie sur leurs corps écartelés par les mines, ils me voyaient au bord des lits en fer lorsqu'ils grelottaient de paludisme dans leurs draps défaits, de telle sorte que, vous savez ce que c'est, ils me croyaient des leurs, prêt à prendre la tête de leur colère et de leur protestation, ils ont assisté à mon entrée dans un casernement où un homme s'était enfermé en brandissant une sagaie et menaçant de tuer tout le monde et lui avec, et ils m'ont vu sortir avec lui, quelques instants après, il pleurait sur mon épaule dans un abandon de bébé difforme, les soldats me croyaient capable de les accompagner et de lutter pour eux, de m'unir à leur haine ingénue contre les seigneurs de Lisbonne qui tiraient contre nous les balles empoisonnées de leurs discours patriotiques, et ils ont assisté, écœurés, à ma passivité immobile, à mes bras ballants, à mon absence de combativité et de courage, à ma pauvre résignation de prisonnier.

Attendez encore un peu, laissez-moi vous enlacer lentement, sentir le battement de vos veines sur mon ventre, la croissance de la vague de désir qui se répand sur notre peau et qui chante, les jambes qui pédalent sur les draps et qui attendent, anxieuses. Laissez la chambre se peupler des sons ténus des gémissements qui cherchent une bouche pour s'y ancrer. Laissez-moi revenir d'Afrique et me sentir heureux, presque heureux, vous caressant les fesses, le dos, l'intérieur frais et doux des jambes, à la fois tendre et ferme comme un fruit. Laissez-moi oublier en vous regardant bien, ce que je n'arrive pas à oublier : la violence meurtrière sur la terre enceinte de l'Afrique, et prenez-moi dans vous quand du cercle de mes prunelles étonnées, tachées du désir de vous dont je suis fait maintenant, surgiront les orbites concaves de faim des enfants des villages noirs, suspendus aux barbelés, tendant vers vos seins blancs, dans le matin de Lisbonne, leurs boîtes en fer rouillées.

U

C'était bien ? Comme ci, comme ça ? Pardonnez-moi, je ne suis pas en forme, aujourd'hui, je me sens gauche, absent, je ne domine pas mon corps, le whisky donne à mon haleine un relent d'urine, la douloureuse conscience de mes insuffisances me préoccupe. Pendant de longues années j'ai pensé à m'inscrire dans un de ces cours dont on nous envoie les dépliants par la poste et qui en quinze jours nous transforment en hercules efficaces, bien coiffés, bien rasés, noués de muscles, enveloppés d'un nuage admiratif de jeunes filles émerveillées :

CHEZ VOUS, SANS APPAREILS, AVEC SEULEMENT DIX MINUTES D'EXERCICE, DEVENEZ UN *HOMME* ;

OBTENEZ LA CONFIANCE DE VOS CHEFS ET L'AMOUR DES FEMMES GRÂCE A LA *MÉTHODE CULTURISTE SAMSON* ;

GRANDISSEZ DE TREIZE CENTIMÈTRES SANS FAUSSES SEMELLES AVEC LA TECHNIQUE DE PROLONGATION DES TIBIAS *GULLIVER* ;

LA *LOTION AILE DE CORBEAU* POUR QUE VOS CHEVEUX REPRENNENT LEUR COULEUR NATURELLE, BRILLANTE, SOYEUSE ET DOUCE EN UNE SEULE APPLICATION ;

VOUS ÊTES ANXIEUX ? VOUS VIVEZ TRISTEMENT ? LE *MAGNÉTISME ASTRAL* EN CINQ LEÇONS VOUS REDONNERA LA CONFIANCE DANS LE FUTUR ;

PERDEZ VOTRE EXCÈS DE VENTRE GÊNANT EN PÉDALANT A DOMICILE SUR LE VELO *ABDOMAL ;*

VOUS NE TROUVEZ PAS D'EMPLOI ? COMBATTEZ LA CALVITIE AVEC L'HUILE BIOLOGIQUE *HIRSUTEX* (RICHE EN ALGUES CANADIENNES) ET TOUTES LES PORTES S'OUVRIRONT DEVANT VOUS ;

SI VOUS NE VOUS DÉSHABILLEZ PAS SUR LA PLAGE PAR HONTE DE VOS ÉPAULES ÉTROITES DEMANDEZ DANS LES BONNES MAISONS SPÉCIALISÉES LE PROSPECTUS EXPLICATIF : « J'AI CONQUIS MON ÉPOUSE GRÂCE AU *CLAVICULUM ELECTRONIQUE* » ;

MAUVAISE HALEINE ? ESSAYEZ LE SPRAY NORVÉGIEN *OIGNONLOV* (A BASE D'OIGNON ET D'ESSENCE D'AIL) ET VOS AMIS SE RAPPROCHERONT DE VOUS FASCINÉS PAR VOS PAROLES ;

VOUS BÉGAYEZ ? LA *PSYCHANALYSE PARAPSYCHOLOGIQUE DU PROFESSEUR AMEREDO* VOUS FERA ACQUÉRIR L'ÉLÉGANTE VOLUBILITÉ D'UN SPEAKER DE TÉLÉVISION.

Non, écoutez-moi, je n'ironise qu'en partie, surtout pour dissimuler l'humiliation de mon échec et la désillusion qui traverse légèrement votre silence, comme les ombres qui croisent, de temps en temps, le sourire gai de ma plus jeune fille et qui me touchent, au fond des entrailles, comme la goutte d'acide d'un remords ou d'un doute, je voudrais désespérément être un autre, vous savez, quelqu'un qu'on pourrait aimer sans honte et dont mes frères seraient fiers, dont je serais fier moi-même en me regardant dans le miroir du coiffeur ou du tailleur, le sourire content, les cheveux blonds, le dos droit, les muscles apparents sous les vêtements, le sens de l'humour à toute épreuve et l'intelligence pratique. Cette enveloppe malhabile et laide qui est la mienne m'irrite, ainsi que les phrases qui s'enroulent dans ma gorge, et de ne pas savoir où mettre mes mains devant les gens que je connais pas et qui m'intimident. Cela m'irrite : la crainte que j'ai de vous, de vous déplaire, de ne pas réussir à faire se soulever votre corps en houle sur le drap, en même temps victorieux et vaincu, de ne pas faire trembler de plaisir votre poitrine comme une vague immense avant de se briser, de ne pas faire sortir de votre bouche, au moment de l'orgasme, le langage gazeux des anges chez qui des baisers en latin flottent à la dérive. Permettez-moi d'essayer à nouveau, donnez une autre opportunité à mon affliction sans espoir, parce que j'ai renoncé à vous séduire, à vous faire capituler devant mes prouesses ou mon charme, à vous imaginer en train de chercher mon nom dans l'annuaire pour me demander d'aller dîner avec vous samedi et oubliant le rosbeef et le temps pour me regarder avec émerveillement comme une découverte. Une opportunité, non pas pour vous, ni pour nous, mais pour moi : soyez un peu le CLAVICULUM ELECTRONIQUE de l'âme, aidez à faire pousser chez moi les vigoureuses épaules de l'espoir émergeant des omoplates fines du désappointement, et que mon torse, soudain triangulaire, soulève dans une jubilation facile, le petit homme défait que je suis. Portez-moi comme une Pietà herculéenne porte son Christ exténué, comme j'ai porté dans mes bras, il y a très longtemps, le noir dont les crocodiles du fleuve Cambo avaient dévoré la jambe gauche et qui gémissait doucement comme les petits des hyènes dans leurs nids pourris entourés d'excréments et d'os écumants de gazelle.

Je haïssais le fleuve Cambo, le fleuve des caïmans et des boas, parce que de ses eaux lentes naissaient, à l'époque des pluies, les orages qui avançaient en rouleaux sombres sur la caserne, faisant dévaler le long des escaliers de l'air, les énormes pianos des nuages. Pendant les orages, à Cassanje, les gens se rassemblaient sous le même toit en zinc, grelottant de terreur, pendant qu'une odeur de phosphore et de souffre planait dans l'ozone saturé de l'air, des mèches d'étincelles prolongeaient nos cheveux rigides et bleus, les arbres mollissaient humblement sous la pluie, apeurés, les arbres hautains d'Afrique se rapetissaient, craintifs, sous la pluie, et nous nous regardions, les uns les autres, pendant que tombaient les éclairs qui illuminaient de biais nos visages de leur magnésium instantané de photographie, révélant, sous la peau, la texture tragique de nos os malaires. Sur la rive du fleuve Cambo, près du radeau, j'ai vu un boa mourir avec une chèvre dans la gorge, se tordant sur l'herbe comme les malades se tordaient d'infarctus dans les services d'urgence des hôpitaux, implorant entre deux hoquets qu'on les tue, essayant d'arracher de leur poitrine avec les doigts, les veines qui vibraient comme des cordes tendues de guitare. J'y ai vu les orbites des crocodiles descendre le courant à la dérive, pensives et attentives, comme celles d'une jeune fille qui écoute, en battant des cils avec l'ironie minérale, de certains bustes de Voltaire, sous l'apparente simplicité desquels scintille le mépris carnivore des hommes. Et j'y ai vu une paillotte sur laquelle la foudre était tombée, noircie, comme la paupière fatale d'une danseuse de flamenco, avec dedans, assise sur la natte, une femme immobile entourée du halo de clarté verte qui émane des Notre Dame de Fatima en plastique et des aiguilles des réveils.

Je haïssais le fleuve Cambo et les arbustes décomposés qui limitaient son cours, les bâtiments abandonnés, leurs vérandas à colonnes perdues dans la savane et leurs planchers en ruine d'où les rats et les lézards nous épiaient avec rancœur. Nous haïssions le fleuve où de tristes dieux en bois s'interpellaient de leurs voix gutturales pleines d'appels et de menaces, le fleuve où les lavandières frottaient notre linge militaire sur des pierres limoneuses, poursuivies par la faim en suspens des soldats qui se masturbaient à genoux, par terre, près de leur arme qu'ils oubliaient. Nous portions vingt-cinq mois de guerre dans les entrailles, vingt-cinq mois à manger de la merde, à boire de la merde et à lutter pour de la merde, et à nous rendre malades pour de la merde, et à tomber pour de la merde, dans les entrailles, vingt-cinq interminables mois douloureux et ridicules, dans les entrailles, si riducules que parfois la nuit, dans la brousse de

Marimba, nous éclations de rire, subitement, à la tête les uns des autres, des rires impossibles à étancher, nous observions l'expression les uns des autres, et la moquerie coulait en larmes de pitié, de raillerie et de rage, sur nos joues maigres, jusqu'au moment où le capitaine, son fume-cigarette sans cigarette coincé entre les dents, s'asseyait dans la jeep et se mettait à klaxonner, épouvantant les chauves-souris des manguiers et les fantastiques insectes d'Angola, et nous nous taisions comme les enfants se taisent au milieu de leurs pleurs, en regardant les ténèbres tout autour de nous dans une immense surpise.

Nous portions dans les entrailles vingt-cinq mois de guerre, de violence insensé et imbécile dans les entrailles, de sorte que nous nous divertissions en nous mordant comme les animaux se mordent entre eux dans leurs jeux, nous nous menacions avec des pistolets, nous nous insultions, furibonds, avec une rage envieuse de chiens, nous nous vautrions, glapissant, dans les mares de la pluie, nous mélangions des comprimés pour dormir dans le whisky de la Manutention, et nous circulions en titubant dans la cour en entonnant en chœur des obscénités de collège. Quelques jours auparavant, trois de nos camarades étaient morts dans un accident d'*unimog,* un arbre inattendu est sorti de la forêt et s'est planté, vertical, au centre de la piste devant le véhicule qui était parti du magasin de Chiquita après quelques bières molles sur le comptoir où l'on vendait des tissus, et nous avons retrouvé les corps disséminés dans le maquis, le crâne fracturé, les fourmis rouges d'Afrique qui grimpaient, obstinées, sur les bras inertes. Quelques jours auparavant, nos derniers compagnons assassinés étaient partis, empaquetés dans des bâches, pour les urnes de Malanje qui exhalaient une odeur répugnante et fétide, malgré le plomb soudé et le bois ; leurs visages défunts étendus côte à côte dans le magasin des vivres de la caserne, avaient acquis une sérénité de paix sans soubresaut, l'aimable indifférence distraite des jeunes que j'avais oublié qu'ils étaient, vieillis par une souffrance sans raison. Je les ai enviés, vous comprenez, parmi les sacs de pommes de terre et de farine, les bouteilles de rafraîchissements, les paquets de tabac, l'énorme balance qui s'apparentait à un appareil de torture médiéval, j'ai envié leur tranquillité vidée de la peur et l'espoir mat qui s'échappait, vague, des paupières mal fermées. Je les ai envié de retourner à Lisbonne avant moi, avec un tatouage en fleur de sang sec sur le front.

Ecoutez. Le jour va poindre, l'aboiement des chiens dans les propriétés lointaines a légèrement changé de tonalité, a acquis l'écho livide et pâle de l'aurore. Le jour enfle par les fentes des persiennes, douloureux et lourd comme un furoncle, abritant en lui des pus d'horloge et de fatigue. Dans les cigarettes que nous avons allumées il y a quelque chose de l'encens qui plane dans les églises après la fin des cérémonies, entre les doigts pointus des bougies et la bonté feinte des images, les barbes dissoutes dans la suie du temps des tableaux de saints. Le jour va pointer et toutes les lampes deviendront inutiles, le soleil exhibera sans pitié nos corps couchés, les rides, les tristes plis de la bouche, les cheveux emmêlés, les traces de maquillage et de crème sur l'oreiller. Comme un champ de bataille, vous savez comment c'est, jonché du désordre qui n'est même plus pathétique des cadavres, un simple désordre de grenier où les meubles seraient des corps dépecés et risibles. L'énergie musclée du jour nous pousse, comme les chouettes, vers les derniers plis de l'ombre, où nous agitons des plumes humides dans une anxiété inquiète, recroquevillés l'un contre l'autre, à la recherche d'une protection qui n'existe pas. Parce que personne ne nous sauvera, personne ne pourra jamais plus nous sauver, aucune compagnie ne viendra, le mortier au poing, à notre rencontre. Nous voici irrémédiablement seuls, sur le pont de ce lit sans boussole, balançant sur la moquette de la chambre des hésitations de radeau. D'une certaine manière nous serons toujours en Angola, vous et moi, vous entendez, et je fais l'amour avec vous comme dans la paillotte du village Macao de la tante Teresa, une grosse négresse, maternelle et savante, qui me recevait sur son matelas en paille avec une indulgence suave de matrone. Ses doigts me donnent des frissons dans la colonne vertébrale, son haleine grosse de poisson et de tabac, descend le long de ma poitrine vers le pénis qui se durcit, ses seins énormes et sombres se balancent devant ma bouche, gonflés par le lait transparent de la tendresse. La mèche dans l'huile éclaire des images pieuses, des cartes postales collées au mur, les lèvres poilues de la vulve qui se frottent à mon épaule, pareilles aux brosses des coiffeurs brossant ma veste en attendant le pourboire, et moi je me sens comme les morts de l'*unimog* dans le magasin des vivres, la fleur de sang sur le front, tranquilles parmi les sacs de farine et de pommes de terre, les bouteilles de rafraîchissements et les paquets de tabac. Les officiers jouent au loto dans la nouvelle maison de l'administrateur, l'institutrice aux règles danse autour de la table de la salle à manger avec le conducteur de l'autocar civil, la pâle gaieté coloniale teint de tristesse chaque geste, et tante Teresa ferme la porte du dedans, pour que personne, vous comprenez, ne nous dérange, et elle me déboutonne la chemise, dans une lenteur savante de rituel. La case de tante Teresa, entourée de l'odeur douce des pieds de liambe et de tabac, est peut-être le seul endroit que la guerre n'a pas réussi à envahir de son odeur pestilentielle et cruelle. Celle-ci s'est étendue sur l'Angola, la terre sacrifiée et rouge d'Angola, elle a atteint le Portugal à bord des bateaux de militaires qui revenaient désorientés et étourdis d'un enfer de poudre, elle s'est insinuée dans mon humble ville que les seigneurs de Lisbonne ont masquée de fausses pompes de carton-pâte, je l'ai trouvée couchée dans le berceau de ma fille, comme un chat, me regardant avec des paupières d'une oblique méchanceté, en train de me fixer dans les draps avec la même rage trouble et envieuse que les sous-lieutenants autour des tables de jeu, mesurant avec rancœur, le pistolet à la ceinture, les cartes du partenaire. La guerre s'est propagée aux sourires des femmes des bars, sous les ampoules dépolies des lampes qui multiplient en ombres la courbe investigatrice des nez, elle a troublé les boissons d'un goût aigre de vengeance, elle nous attend au cinéma, installée à notre place, habillée de noir, comme un notaire veuf qui retire de sa poche l'étui en plastique des lunettes. Elle est ici, dans cet appartement vide, dans les placards de cet appartement vide, enceinte des fœtus mous de mes culottes, dans l'espace géométrique des ténèbres que les lampes n'atteignent jamais, elle est ici et elle m'appelle tout bas de la voix pâle et blessée de mes camarades assassinés sur les pistes de Ninda et de Chiume, elle tend vers moi des coudes blancs et osseux dans un enlacement gazeux qui m'écœure. Elle est en vous, dans votre profil sarcastique, dépourvue d'amour, dans l'obstination de votre silence et dans le mouvement mécanique de vos hanches pendant le coït, dévorant mon pénis comme un estomac digère, indifférent, la nourriture qu'on lui offre, recevant mes baisers avec la patience vaguement ennuyée des prostituées de mon enfance, des poupées décrépites gonflables, ancrées dans les taches de sperme sec des dessus de lit. Je verse un centimètre mentholé de guerre sur la brosse à dents matinale et je crache dans le lavabo l'écume vert sombre des eucalyptus de Ninda, ma barbe est la forêt du Chalala en train de résister au napalm de ma gilette, une grande rumeur des tropiques ensanglantés grandit dans mes viscères qui protestent. Mais dans la case de tante Teresa, adoucie par les feuilles de liambe dans un vase, les feuilles que les soldats ont apportées d'Angola dans des boîtes de pansements, pour les vendre aux jeunes fragiles du Rossio à Lisbonne, aux jeunes semblables aux oiseaux malades du Rossio, boitant autour des fontaines avec une lenteur timide et perverse, dans la case de tante Teresa, quand la porte était fermée à clé et les ouvertures closes sur une intimité de tabernacle, la guerre circulait de manguier en manguier, amenant par la main ses héros morts et son faux patriotisme de stuc et de plâtre, sans oser entrer. Moi, j'écoutais, sur la paille du matelas, ses pas anxieux au-dehors, je savais qu'elle guettait par les fentes mon corps étroit et fatigué, je calculais son amertume furieuse et muette en se sentant expulsée, méprisée par la mèche dans l'huile, par les images pieuses et par les cartes postales collées au mur, et je souriais, le visage sur l'oreiller, de me trouver tranquille, en paix et tranquille, dans un pays qui brûlait.

Ecoutez, le jour va poindre, les réveils de l'immeuble d'en face pousseront brutalement en dehors du sommeil les gens qui dorment, les extrayant de l'utérus lunaire des draps vers les quotidiens sans joie, les boulots mélancoliques et les bouchées à la reine en plastique des cantines. L'aboiement des chiens dans les fermes ressemble maintenant au glapissement des contremaîtres dans les usines, aux cris des policiers qui, en 61, pendant les grèves universitaires, protégés par une espèce de visière, nous poursuivaient avec des matraques et des gaz. D'ici peu, le soleil exhibera durement ce radeau de draps de naufragés, qui partagent la dernière cigarette et le dernier whisky dans une fraternité de mendiants, vous savez ce que c'est, le linge éparpillé au hasard sur la moquette, des mendiants nus et indifférents sous l'arche d'un pont, qui grattent avec leurs ongles sales les doigts poussiéreux de leurs pieds. De sorte que, s'il vous plaît, approchez-vous de mon côté du lit, flairez mon empreinte sur le matelas, passez votre main sur mes cheveux comme si vous aviez pour moi la douce violence assoiffée d'une véritable tendresse, expulsez vers le couloir l'odeur pestilentielle et odieuse et cruelle de la guerre et inventez une paix diaphane d'enfance pour nos corps dévastés.

V

Connaissez-vous Malanje ? J'attendais le matin pour vous parler de Malanje, de l'irréalité de crépuscule polaire qui entoure les objets et les visages de cette espèce de halo transparent posé sur les cimes des pins de Beira, le matin, du silence de la mer suspendue, à l'écoute, en train de respirer à peine, le matin, pour vous parler de Malanje. Malanje, vous savez, c'est aujourd'hui le tas de décombres et de ruines que la guerre civile en a fait, une région rendue méconnaissable par la stupide violence inutile des bombes, un champ rasé plein de cadavres, de côtes fumantes de maisons et de morts. Peut-être, en ce temps-là, quand je suis passé par Malanje en revenant dans mon pays, aurais-je pu deviner les décombres et les ruines sous le profil intact des immeubles, des arbres du jardin, le café plein de métis prétentieux, dont les énormes voitures de luxe appuyaient sur le trottoir leurs phares en nez de squales. Peut-être aurais-je pu prévoir, sous l'apparente santé du soleil, sa mort prochaine, tout comme certains malades nous révèlent derrière un sourire gai et un regard chargé d'un faux espoir, la grimace, non pas de peur ni de dégoût, mais de honte de l'agonie. La honte d'être couché, la honte de ne pas avoir de forces, la honte de disparaître sous peu, de l'agonie, la honte devant les autres, ceux qui, au pied du lit nous regardent avec l'horreur soulagée des survivants, qui inventent des mots d'un optimisme douloureux, qui causent à voix basse avec l'infirmière dans les coins de la chambre, que la fenêtre éclaire en diagonale, d'un jour illusoire. Malanje, vous comprenez, est aujourd'hui le tas de décombres et de ruines que la guerre civile en a fait, une ville dévastée, disparue, un temple de Diane (1) aux murs sombres et aux parois écroulées, mais en 73, au début de 73, c'était la région des diamants, de ceux qui s'enrichissaient et s'engraissaient avec la contrebande de diamants, sur le dos des chercheurs et du commerce furtif des pierres : tout le monde portait des petits flacons de réactif dans la poche, les noirs, la population blanche, la police, la P.I.D.E., les administrateurs, les professeurs, l'armée, et la nuit, à la ceinture sale des villages noirs, on achetait le minerai à qui arrivait du fleuve ou de la frontière avec un scintillement de verre enveloppé dans des bouts de chiffon, protégé par les couteaux attentifs des complices. Des villages noirs et des bordels sous les eucalyptus, des dessus-de-lit en cotonnade, des poupées, des femmes vieillies avec des dents en argent, des tourne-disques entonnant en hurlant les « merengues » cardiaques du Congo, et le bonheur, pour deux cents escudos, dans le rire soudain d'une jeune négresse qui nous recevait en elle avec une gaieté moqueuse.

Malanje c'était l'officier petit, chauve, ridé, devant la porte du lycée pour voir sortir les filles des classes, mouillant le papier des cigarettes d'un désir cochon de vieux, ou installé, après le dîner, sur le trottoir en face de la véranda du mess pour observer la voisine impubère qui levait le couvert, avec des orbites protubérantes d'animal empaillé. Je l'ai vu à Chiume ouvrir sa braguette devant une prisonnière, l'obliger à lever une jambe et à la poser sur un bidet et puis la pénétrer, le béret sur la tête, soufflant par le nez un asthme de bouc répugnant. Je suis entré dans la salle de bains des sergents, dans la porcherie éternellement inondée et nauséabonde à

---

(1) Temple à Evora-Alentejo, vestige romain en ruine.

laquelle on donnait le nom de salle de bains des sergents, et j'ai vu l'officier enlacé, dans une espèce de désespoir épileptique, à la prisonnière, une créature muette et timide adossée aux carreaux de faïence, les pupilles creuses, et au-dessus de leurs têtes, par la fenêtre, la plaine s'ouvrait dans un majestueux éventail de nuances de vert, dans lequel on devinait la lueur lente, zigzagante, presque métallique du fleuve, et la grande paix d'Angola sous le crachin à cinq heures de l'après-midi, réfractée par de successives couches contradictoires de brume. Les fesses de l'homme faisaient un mouvement de piston qui se pressait, la chemise lui collait aux côtes en îles indécises de sueur, son menton tremblait comme celui des retraités dans les réfectoires des hospices, les pupilles creuses de la prisonnière me regardaient avec une fixité insupportable, et j'ai eu envie, vous entendez, de sortir aussi ma bite et d'uriner sur eux, d'uriner longuement sur eux, comme lorsque j'étais petit je pissais sur les crapauds du jardin, abrités entre deux troncs d'arbre, affolés comme des pierres qui respirent.

Mais nous ne pouvions pas uriner sur la guerre, sur la laideur et la corruption de la guerre. C'était la guerre qui urinait sur nous ses éclats et ses tirs, qui nous confinait à l'étroitesse de l'angoisse et nous transformait en tristes bêtes rancunières, violant des femmes contre la froideur blanche et lumineuse des carreaux de faïence, ou nous faisait nous masturber la nuit, au lit, en attendant l'attaque, lourds de résignation et de whisky, recroquevillés dans les draps, à la manière de fœtus épouvantés, en train d'écouter les doigts gazeux du vent sur les eucalyptus, identiques à des phalanges très légères effleurant un piano de feuilles rendues muettes. Nous n'avons pas d'arbres ici : uniquement la poussière des immeubles qui s'élèvent autour de celui-ci, selon le même modèle dépressivement pareil, pour employés de banque mélancoliques, les lumières de l'Areeiro (1), plus haut, bleutées et vagues comme des orbites de chiens aveugles, l'avenue Almirante Reis et ses magasins fermés sur eux-mêmes à la façon de poings d'un enfant qui dort : les gens se réveillent, écartent les rideaux, des fenêtres, regardent au-dehors, observent les rues grises, les automobiles grises, les silhouettes grises, qui se déplacent grisement, ils sentent croître en eux un désespoir gris et se couchent à nouveau, résignés, en grognant des mots gris dans leur sommeil qui s'épaissit.

Avez-vous déjà remarqué que j'habite dans une Pompéï d'immeubles en construction, de murs, de poutres, de décombres qui grandissent, de grues abandonnées, de tas de sable et de bétonnières rondes comme des estomacs rouillés ? D'ici quelques heures, des ouvriers casqués, commenceront à marteler ces ruines, juchés sur des ébauches de châssis, les chalumeaux troueront le béton dans une rage têtue, les plombiers ouvriront des arbustes d'artères dans la chair raidie des maisons. Je vis dans un monde mort, sans odeurs, de poussière et de pierre, où l'infirmier du centre médical du premier étage se promène, en blouse, la barbe surprise de faune, cherchant vainement des gazons tendres de bord de rivière. Je vis dans un monde de poussière, de pierre et d'ordures, autour de lui surtout d'ordures, ordures des travaux, ordures des baraquements clandestins, ordures des papiers qui virevoltent et se poursuivent, le long des palissades, le long des caniveaux, poussés par un souffle qui n'existe pas, ordures des gitans vêtus de noir, installés sur les dénivellements de terrain, dans une attente immémoriale d'apôtres malins.

Je voudrais vous parler de Malanje, maintenant que je me suis plus ou moins bien comporté, n'est-ce pas ? Vous avez même gémi une ou deux fois, avec de petits glapissements de petite chienne contente, vous vous êtes agitée en spasmes de chorée ou d'évanouis-

(1) Quartier de Lisbonne près de l'Aéroport.

sement, votre visage, les yeux fermés et la bouche ouverte, s'est apparenté un instant à celui des vieilles qui communiaient dans les églises de mon enfance, des vieilles aux dentiers branlants, haletantes, la langue pendant de désir du cercle blanc de l'hostie. Moi, enfant de chœur, j'accompagnais le prêtre et je contemplais, fasciné, l'incroyable longueur des langues des vieilles qui se bousculaient et se donnaient des coups de coude, armées de parapluies à manches d'os et de grands rosaires semblables aux colliers des actrices, face au curé, la coupe à la main, grognant des rôts mystiques du bout des lèvres. Je voudrais vous parler de Malanje, de la ville entourée de bordels et d'eucalyptus, la patrie des chercheurs d'or, remplie d'aventuriers verbeux ou farouches, des types aux prunelles prudentes, obliques, à peine installés aux terrasses des cafés. Je voudrais vous parler de la miraculeuse clarté de Malanje, de la lumière qu'on dirait naître du sol dans une jubilation impétueuse et violente, du bunker de la P.I.D.E. et de la caserne prétentieuse, en bas, caserne de province, vous comprenez, sentant l'indifférence et le sergent.

De Malanje à Luanda, quatre cents kilomètres de route traversent les collines fantastiques de Salazar, des villages au bord du goudron comme des verrues sur le contour d'une lèvre, le flux majestueux du Dondo où l'on devine la présence de la mer, comme dans la démarche lente des hanches des femmes de Pavia, et dans les oiseaux blancs et à hautes pattes de la baie de Luanda, effleurant l'air de leurs corps fuselés comme des stylos à bille. Mais l'important, à Malanje c'étaient les minutes qui précèdent l'aurore, les minutes irréelles, poignantes, absurdes qui précèdent l'aurore, incolores et tordues comme les visages de l'insomnie ou de la peur, la perspective déserte des rues, le silence transi des arbres et leurs bras qui semblent se rétracter, hésitants, blessés par une panique sans raison. Avant le lever du jour, vous savez ce que c'est, toutes les villes s'inquiètent, se rident d'inconfort comme les paupières d'un homme qui n'a pas dormi, épient la clarté, la naissance indécise de la lumière, frissonnent comme des pigeons malades sur un toit, secouant leurs plumes nocturnes avec une crainte fragile et creuse dans les os. Le premier soleil, pâle, orangé, comme s'il était peint au crayon sur le ciel d'argent délavé, trouve, en surgissant lentement de la confusion géométrique des maisons des places plissées, des avenues recroquevillées, des ruelles sans espace, des ombres dépourvues de mystère réfugiées à l'intérieur des salles, parmi le scintillement des verres et les sourires des morts dans les cadres, les moustaches courbées comme les sourcils sarcastiques des professeurs de mathématiques après l'énoncé d'un problème difficile de robinets. Toutes les villes s'inquiètent, mais Malanje, vous comprenez, se pliait, en frémissant sur elle-même, comme moi je me penche sur le lit vers vous, craignant le jour qui m'attend, avec son poids insupportable de pierre sur ma poitrine et la cendre qui s'accumule dans mes mains et que je laisse dans les restaurants en les lavant avant l'éternel steack sans goût du déjeuner. Je voudrais vous demander de ne pas sortir d'ici, de m'accompagner, de rester avec moi, couchée, en attendant non pas seulement le matin, mais la nuit prochaine, et l'autre nuit, et la nuit suivante, parce que l'isolement et la solitude s'enroulent autour de mes tripes, de mon estomac, de mes bras, de ma gorge, et m'empêchent de bouger et de parler, et me transforment en un végétal écœuré, incapable d'un cri ou d'un geste, qui attend le sommeil qui n'arrive pas. Restez avec moi, jusqu'à ce que finalement, je m'endorme et je m'éloigne de vous dans une de ces inexplicables et faibles reptations avec lesquelles les noyés oscillent, à marée basse, et que je m'allonge sur le ventre, la bouche sur l'oreiller, bavant sur le ventre de la taie des paroles indistinctes, que je me laisse couler dans le puits marécageux d'une sorte de mort, ronflant mon coma épais de pastilles et d'alcool. Restez avec moi, maintenant, que le matin de Malanje enfle dans moi, vibre dans moi, inversé, dans des agitations déformées de reflet et que je suis tout seul sur l'asphalte de la ville, près des cafés et du jardin possédé par un désir insolite sans objet, indéfini et véhément, pensant à Lisbonne, à Gija ou à la mer, pensant aux bordels sous les eucalyptus et à leurs lits couverts de poupées et de napperons. La peur de retourner dans mon pays me comprime l'œsophage, parce que vous comprenez, j'ai cessé d'avoir une place où que ce soit, j'ai été trop loin, trop longtemps pour appartenir à nouveau à ici, à ces automnes de pluie et de messes, à ces longs hivers dépolis comme des ampoules grillées, à ces visages que je reconnais mal sous le dessin des rides, qu'un maquilleur de théâtre ironique a inventé. Je flotte entre deux continents qui, tous deux, me repoussent, nu de racines, à la recherche d'un espace blanc où m'ancrer, et qui peut être, par exemple, la chaîne de montagnes allongée de votre corps, une concavité, un trou quelconque de votre corps, pour y coucher, vous savez, mon espoir honteux.

X

Non, je vous jure, écoutez : maintenant que nous allons nous séparer, après avoir convenu d'une vague rencontre dans un vague restaurant dont aucun de nous ne se souviendra demain, que nous ne nous reverrons pas sinon grâce au hasard fugitif d'un bar ou d'un cinéma, à peine le temps d'un bref geste de la main et d'un bref sourire, un de ces sourires instantanés, sans affection, qui s'ouvrent et se referment en un éclat circulaire de dents, à la manière des diaphragmes des appareils-photo, maintenant que vous allez vous habiller avec les gestes neutres et pressés des femmes après la table du gynécologue, vous boutonnant comme on s'agrafe, je peux vous avouer, le coude appuyé sur le matelas, près du cendrier débordant de cendre et de mégots, d'où monte la répugnante odeur de tabac froid des choses finies, que je vous aime bien. Sérieusement, j'aime l'ironie attentive de votre silence, le rire qui plane, de temps en temps, sur votre visage en repos, à la manière d'un nuage indécis, j'aime vos bracelets exotiques, la lueur d'évaluation de votre regard, la racine élastique des cuisses qui se ferment au-dessus de mon corps tout comme l'eau recouvre, dans un dernier mouvement sans rumeur, le dernier geste d'algue des noyés, qui se dissolvent dans une petite écume sans poids. J'aime la nuit à vos côtés, lente et lourde comme une nuque endormie, j'aime imaginer que vous reviendrez aussitôt avec une valise de vêtements me regardant depuis le paillasson de l'entrée avec des orbites à la fois aiguës et troublées de passion et nous demeurerions ensemble dans cette triste maison sans meubles, enlacés, à observer le fleuve où les lumières se coagulent en reflets colorés, dont la pulsation est identique à celle des veines sous un doigt d'ombre. Nous inventerions des menus étranges, à la cuisine, nous mélangerions des flacons, des assaisonnements et des baisers dans les casseroles sur le feu, nous inonderions les pièces de languissants parfums orientaux, de revues frivoles et de dessins d'enfants, nous compterions les cheveux blancs l'un de l'autre avec l'innocente jubilation d'une vieillesse exorcisée, vous m'enlèveriez les points noirs avec vos ongles, je passerai ma langue entre vos doigts de pieds excités, et nous nous endormirions sur la moquette, indifférents au lit, aux exigences du travail, à la tyrannie de robot du réveille-matin, sinon heureux, du moins, vous comprenez, comment dirais-je? gaiement rassasiés.

Excusez-moi de vous parler ainsi, mais j'en ai tellement marre de me sentir seul, marre de la farce tragique et ridicule de ma vie, du steack haché du snack-bar et de la femme de ménage qui me vole sur le nombre d'heures et la lessive, que parfois, vous savez ce que c'est, je suis pris d'une grande envie d'éloigner de moi le désordre lamentable dont je me nourris avec répugnance, comme certains animaux des ordures où ils vivent, et de siffler dans la glace un contentement sans tache. J'ai envie de vomir dans les w.-c. l'inconfort de ma mort quotidienne que je porte sur moi comme une pierre d'acide dans l'estomac, qui se ramifie dans mes veines et qui glisse le long de mes membres avec une fluidité huilée de terreur. J'ai envie de retourner, bien coiffé et sain, à la ligne de départ où un cercle de visages compatissants et affables m'attend : la famille, les frères, les amis, mes filles, les inconnus qui attendent de moi ce que, par timidité ou par vanité, je n'ai pas su leur donner et leur offrir : la lucidité sans ressentiment et la chaleur dépourvue de cynisme dont jusqu'ici je n'ai pas été capable. J'ai envie d'expulser les défunts installés raides sur mes chaises dans une expectative pâle et tenace, ma mère qui passe indifférente devant moi en pensant à autre chose, mon père qui lève de son fauteuil des yeux qui me traversent sans me voir, mes frères si empaquetés dans leurs bizarres embrouillaminis intérieurs qu'ils ne peuvent pas dénouer, d'expulser les pianos droits couverts de tissus damassés dont les Chopin me prennent dans les rets d'une mélancolie de narcisse, j'ai envie d'Isabelle, de la réalité d'Isabelle, de la réalité indépendante de moi d'Isabelle, des dents d'Isabelle, du rire d'Isabelle, des seins d'Isabelle en forme de museau de gazelle sous une chemise d'homme, de ses mains sur mes fesses pendant l'amour, et de ses paupières qui tremblaient et qui vibraient comme si elles étaient punaisées par une épingle cruelle sur une feuille de papier canson.

Vous pouvez éteindre la lumière : je n'en ai plus besoin. Quand je pense à Isabelle je cesse d'avoir peur du noir, une clarté ambrée revêt les objets de la sérénité complice des matins de juillet qui me faisaient toujours l'effet de disposer devant moi, avec leur soleil enfantin, les matériaux nécessaires pour construire quelque chose d'ineffablement agréable que je n'arriverai jamais à élucider. Isabelle qui remplaçait mes rêves paralysés par son pragmatisme doucement implacable, qui réparait les fissures de mon existence avec le bref fil de fer de deux ou trois décisions dont la simplicité m'ébahissait, et après, soudain petite fille, elle se couchait sur moi, elle me prenait le visage entre ses mains et me demandait : Laisse-moi t'embrasser, avec une petite voix minuscule dont la supplique me bouleversait. Je crois que je l'ai perdue comme je perds tout, que je l'ai secouée de moi avec mon humeur changeante, mes colères inattendues, mes exigences absurdes, cette angoissante soif de tendresse qui repousse l'affection et qui demeure, palpitante et douloureuse, dans l'appel muet, plein d'épines, d'une hostilité sans raison. Et je me rappelle, ému et interdit, la maison d'Algarve entourée de grillons et de figuiers, du ciel tiède de la nuit teinté par le halo lointain de la mer, de la chaux des murs presque phosphorescente dans le noir, et de la violente passion informulée de mes caresses qui avaient l'air de s'arrêter, irrésolues, à un centimètre de son visage et qui se dissolvaient à la fin dans un geste de tendresse indéfini. Je pense à Isabelle et une espèce de marée tendue d'amour, indomptée et vigoureuse, me monte des jambes au sexe, me durcit les testicules de crispations de désir, se déploie dans mon ventre comme si elle ouvrait de grandes ailes calmes dans mes viscères en bataille. Nous parcourons à nouveau les antiquaires de Sintra à la recherche de meubles sculptés, nous entrons dans l'aquarium bleu de la boîte où pour la première fois j'ai touché, émerveillé, sa bouche, nous inventons un futur fantastique d'enfants bruns dans une profusion de berceaux et je me sens heureux, justifié et heureux, en embrassant son corps dans la marée basse des draps dont les plis forment comme des vagues en direction de la plage blanche de l'oreiller où nos têtes, la tienne sombre la mienne claire, se joignent dans une fusion qui contient en elle les germes étranges d'un miracle.

Vous pouvez éteindre la lumière : peut-être ne resterai-je pas aussi seul que cela dans cette énorme chambre, peut-être qu'Isabelle ou vous-même reviendrez un de ces jours me voir, j'entendrai la voix au téléphone, la voix détaillant avec précision, par les trous en baquelite du téléphone, son Allô ou votre Allô, qui entrera dans mon oreille à la manière huileuse et agréable et tiède des gouttes qui enlevaient la cire dans mon enfance, et j'irai chercher, elle ou vous, au travail, j'attendrais dans la voiture avec une impatience de cigarettes, corrigeant le nœud de ma cravate, sur la pointe des fesses, dans le rétroviseur, elle ou vous s'installera à mes côtés dans l'automobile, dans l'obscurité, me sourira, se penchera pour placer la cassette de Maria Bethânia dans l'appareil, et passera autour de ma nuque ses coudes fermes de tendresse. Laisse-moi t'embrasser, Laissez-moi vous embrasser pendant que vous vous rhabillez, pendant que vous agrafez votre soutien-gorge dans le dos avec des gestes aveugles et gauches qui rendent vos omoplates saillantes comme les ailes d'un poulet, pendant que vous cherchez vos bagues en argent sur la table de nuit avec une ride d'attention enfantine verticale sur le front, pendant que vous luttez avec la brosse contre la résistance ondulée des cheveux, du trop-plein de cheveux que ma calvitie envie avec une jalousie féroce à laquelle je n'arrive pas à échapper. Tous les matins je pense à quand je commencerai à faire la raie au niveau de l'oreille, étirant soigneusement une mèche effilée sur le crâne nu, et je commence à lire, sans ironie, les annonces de perruques dans le journal, accompagnées des photos de chauves hirsutes satisfaits, qui sourient du sourire poilu des gorilles. Je m'éloigne des photos de l'an dernier comme un bateau du quai et j'ai l'impression, parfois, de ressembler à une étrange caricature de moi-même, que les rides déforment d'un rictus grimaçant. Laisse-moi t'embrasser : qui voudra bien embrasser la triste parodie de ce que j'ai été, l'estomac qui grandit, les jambes qui s'amincissent, le sac vide des testicules couvert d'une longue crinière couleur de cuivre ? En y réfléchissant mieux : n'éteignez pas : qui sait si ce matin ne cache pas en lui une nuit encore plus opaque que toutes celles que j'ai traversées jusqu'ici, celle qui vit au fond des bouteilles de whisky, des lits défaits et des objets de l'absence, une nuit avec un glaçon à la surface, trois doigts de liquide jaune en dessous, et un silence insupportable dans l'intérieur vide, une nuit où je me perds, titubant de mur en mur, étourdi par l'alcool, me racontant à moi-même le discours de la solitude grandiose des ivrognes pour qui le monde est un reflet de géants contre lesquels ils s'emportent inutilement.

N'éteignez pas la lumière : quand vous sortirez la maison augmentera inévitablement de volume, elle se transformera en une sorte de piscine sans eau où les sons s'amplifient et résonnent agressifs, tendus, énormes, cognant violemment contre mon corps comme les marées d'équinoxe contre le môle de la plage, faisant rouler sur moi l'écume terne des syllabes. J'écouterai à nouveau la fermentation du réfrigérateur qui ronronne de son sommeil de mammouth, les gouttes qui s'échappent du bord des robinets comme les larmes des vieux, lourdes d'une conjonctivite rouillée. J'hésiterai sur le choix de la chemise, de la cravate, du complet et je finirai par claquer la porte d'entrée comme si j'abandonnais derrière moi un caveau intact où la mort fleurit dans des vases en verre biseauté et dans les tiges pourries des chrysanthèmes. Claquer la porte d'entrée, vous comprenez, comme j'ai claqué la porte de l'Afrique de retour à Lisbonne, la porte répugnante de la guerre, les putains de Luanda et les gros fermiers du café autour des seaux à champagne, luisants comme les boîtes doublées de paillettes des prestidigitateurs, fumant des cigarettes américaines de contrebande dans la pénombre d'un tango. La porte d'Afrique, Isabelle : un médecin homosexuel dont les cils s'enroulent autour de nous comme les tentacules d'une pieuvre, accolé d'un caporal moqueur à favoris auquel il doit s'unir, de pension en pension, avec un petit soupir exténué de ventouse, nous examinait la pisse, la merde, le sang pour que nous n'infections pas le Pays de notre panique de la mort, du souvenir du garçon blond couvert d'un linge dans ma chambre, des eucalyptus de Ninda et de l'infirmier assis sur la piste, les intestins dans ses mains en train de nous regarder avec l'étonnement triste d'une bête. Nous revenons avec le sang propre, Isabelle : les analyses ne montrent pas les noirs en train d'ouvrir leur fosse pour le tir de la P.I.D.E., ni l'homme pendu par l'inspecteur à Chiquita, ni la jambe de Ferreira dans le seau à pansements, ni les os du type de Mangando sur le plafond en zinc. Nous revenons avec le sang aussi propre que celui des généraux dans leurs cabinets à air conditionné, à Luanda, déplaçant des points de couleur sur la carte d'Angola, aussi propre que celui des messieurs qui s'enrichissaient en faisant le trafic d'hélicoptères et d'armes à Lisbonne, la guerre est dans le cul de Judas, dans les trous pourris, vous comprenez, et non pas dans cette ville coloniale que je hais désespérément, la guerre ce sont les points de couleur sur la carte d'Angola et les populations humiliées, transies de faim sur les barbelés, les glaçons dans le derrière, l'invraisemblable profondeur des calendriers immobiles.

Quelquefois, vous savez, je me réveille au milieu de la nuit assis sur les draps, entièrement éveillé, et il me semble entendre venu de la salle de bains, ou du couloir, ou du salon, ou des lits superposés des filles, l'appel blême des défunts dans leurs cercueils de plomb, la médaille d'identification que nous portions au cou posée sur la langue à la façon d'une hostie en métal. Il me semble entendre la rumeur des feuilles des manguiers de Marimba et leur immense profil contre le ciel nuageux de crachin, il me semble entendre le rire brusque et orgueilleusement libre des Luchaz qui éclate à côté de moi comme la trompette de Dizzie Gillespie, jaillissant du silence avec l'impétuosité d'une artère qui se rompt. Je me réveille la nuit, et de savoir que j'ai la pisse, la merde et le sang propres, ne me rassure ni ne me rend gai ; je suis assis avec le lieutenant dans la mission abandonnée, le temps s'est arrêté à toutes les pendules : à votre montre, au réveil, à la radio, à la montre qu'Isabelle doit porter maintenant et que je ne connais pas, à celle qui existe déconnectée et palpitante dans la tête des morts, le pollen des acacias nous enveloppe légèrement d'un or sans poids ni bruit, l'après-midi se traîne sur la savane avec une mollesse animale, je me lève pour uriner contre ce qui reste d'un mur et j'ai la pisse propre, vous comprenez, la pisse irréprochablement propre et je peux retourner à Lisbonne sans alarmer personne, sans contaminer personne de mes morts, du souvenir de mes camarades morts ; retourner à Lisbonne entrer dans les restaurants, dans les bars, dans les cinémas, dans les hôtels, dans les supermarchés, dans les hôpitaux et tout le monde peut vérifier que j'ai la merde propre dans mon cul propre, parce qu'on ne peut pas ouvrir les os du crâne pour y voir le fourrier en train de gratter ses bottes avec un bout de bois et de répéter Putain, Putain, Putain, Putain, Putain, accroupi sur les marches de l'administration.

Quand même, j'ai pris soin de prendre congé de la baie, coquille d'eau putride où les édifices, inversés, vibraient. Les chalutiers sortaient du quai pour la pêche avec un bruit amorti et irrégulier de moteurs, effarouchant les grands oiseaux blancs qui se promenaient sur la vase avec des enjambées propriétaires de gérants et faisant frissonner les mèches de cheveux pendant des palmiers qui lançaient leurs ombres étroites sur les bancs désertés. Au café des Arcades, des gosses noirs forçaient le regard en tendant les pansements de leurs horribles moignons ; les cireurs se traînaient entre les tables, penchés sur des souliers scintillants. Le médecin homosexuel, sur la chaise à côté de la mienne, a allumé languissamment une cigarette à filtre doré et a éteint l'allumette avec le bec de sa délicate bouche en cœur. Il mettait un parfum dense, de cousine célibataire, qui encensait l'air de larges bouffées de sucre gazeux. Nous nous étions connus à Londres, dans l'automne grisâtre de Saint James Park, nous avions partagé la même chambre louée et j'assistais tous les jours au rituel compliqué de sa toilette, entouré de crèmes, de brosses, de pinces à épiler et de petites boîtes en écaille, contenant des produits de beauté, qu'il manipulait avec une patiente adresse à la Vermeer, composant un visage maquillé qu'on aurait cru évadé, en douce, d'un film de vampires. Son linge de corps ressemblait aux vêtements d'un trapéziste de cirque sur qui le lilas des projecteurs s'arrête dans une admiration extasiée. D'une certaine façon, nous nous estimions, l'un l'autre, parce que nos solitudes, la sienne autocomplaisante, la mienne rageuse, se touchaient et confluaient vers un point commun quelconque, sans doute celui de l'inconformisme résigné. Il était d'une telle façon féminin que l'uniforme le faisait ressembler à une femme-flic. Il a porté sa cigarette à sa bouche dans un geste précautionneux, comme une tasse de thé chaud, et il m'a effleuré de ses grands yeux tendres avec une innocence savante :

« Comment vas-tu tenir, à Lisbonne, après ce cul de Judas ? »

Les réverbères au bord de la mer se sont subitement allumés d'un seul coup, des milliers d'insectes ont commencé, immédiatement, à s'agiter sous les cônes bleutés des lampes, frénétiques comme les bulles de lumière des frontons des cinémas. Un bruit inlocalisable de couverts annonçait l'heure du dîner.

« A l'aise », lui ai-je répondu écartant de la main les cadavres éclatés sur les pistes. « Toi-même, tu as certifié que mon sang était propre. »

Z

Attendez, je vais vous accompagner jusqu'à la porte. Excusez-moi pour le temps que je mets à me lever, et au lieu d'une mauvaise éducation n'y voyez que le lamentable résultat d'un excès de whisky, de la nuit sans sommeil et de l'émotion de ma longue narration qui arrive à sa fin. D'ailleurs, le jour s'est levé : on entend distinctement les camionnettes de travaux publics dans la rue, une chasse d'eau quelconque à l'étage au-dessus annonce le réveil des voisins. Tout est réel maintenant : les meubles, les murs, notre fatigue, la ville trop pleine de monuments et de monde comme une commode surchargée de bibelots, que je hais amoureusement. Tout est réel : je passe ma main sur mon visage et le papier de verre de ma barbe me hérisse la peau, la vessie pleine enfle mon ventre de son liquide tiède, lourde comme un fœtus rond qui gémit. Un faisceau oblique de lumière éclaire anémiquement un losange de papier mural près du placard et descend peu à peu vers la moquette par la plaque grise du radiateur, par les pieds harmonieusement arqués du rocking-chair où gît mon linge dans un désordre oublié de chiffons. Elles sont réelles les taches jaunes sur le stuc du plafond, dont je m'aperçois maintenant facilement, les sourires de mes filles dans leur cadre, le téléphone qu'on dirait être constamment crispé, prêt aux hurlements de fureur aiguë de la sonnerie. Elle est réelle votre impatience, votre sac à l'épaule, vos chevilles bien faites, que je n'avais pas encore remarquées en détail, qui tremblent de hâte dans les souliers. Aujourd'hui il ne pleuvra pas : je le sens dans mes os tranquilles, en paix, à peine endoloris par tant d'heures sans repos, dans mes os secs, durs, légers, poreux comme de la pierre-ponce, qui me demandent de l'intérieur du corps de flotter de moquette en moquette avec la grâce trébuchante d'un ange, frôlant de mes ongles des pieds les ombres du tunnel du couloir. Il ne va pas pleuvoir : le ciel rose, vide comme la concavité d'une bouche édentée, devient déjà plus dense avec la chaleur au-dessus de la ligne brisée des toits qui le touchent, acquérant un ton rouge et verdâtre qui incendie les terrasses, les balcons, le rebord exagérément net des édifices lointains. A deux heures de l'après-midi, les arbres transpireront des larmes de résine par leurs troncs calcinés, le bronze des statues des places se pliera comme du fer chauffé à blanc dans une obéissance molle de gestes sans force. Vous allez arriver chez vous, prendre un bain rapide, chercher une robe parmi la collection de manches suspendues de côté dans l'armoire, et avant de sortir pour aller au travail, dissimuler vos cernes sous d'énormes lunettes noires, qui vous donnent l'air, vous savez, d'un insecte altier. Ce qui existe derrière les lunettes noires des femmes que je croise dans les rues de Lisbonne m'intrigue et me fascine : l'opacité des visages sans expression réveille en moi le désir de les déshabiller d'un mouvement délicat, de leurs bouts de verre marrons ou verts, afin de me confronter à la panique, à la tendresse, à l'indifférence, au sarcasme, bref, à quelque chose qui me garantisse une humanité semblable à la mienne, au lieu de la condition martienne qui me semble être la leur. Et les appartements illuminés à l'heure du dîner par la clarté doucement domestique des abat-jour et par la phosphorescence rectangulaire des télévisions allumées me font me sentir, irrémédiablement, en dehors des milliers de petits univers confortables où il me plairait d'inclure, dans un coin de sofa, devant une reproduction de Miro, ma solitude honteuse de chien timide, arquant constamment le dos en faux emportements soumis. Les magasins de meubles où l'on reproduit des intimités stéréotypées, surmontées d'un poster bon marché représentant une petite fille et un petit chat tendrement enlacés, m'enchantent : le bonheur des dépliants en ektachrome constitue, ne le dites à personne, mon but dans la vie, et je projette toujours de remplacer les secrétaires compliqués de l'âme par des étagères de Grands Magasins et des oreillers à damier noir et blanc auxquels il faut ajouter les tapis ovales à poil aussi long que les sourcils des oncles, et de grands objets en faïence sans forme définie, bariolés de coups de pinceau au hasard. Non, écoutez, il se peut que le décor s'insinue peu à peu dans notre existence, l'inonde de lampes bizarres hérissées de ressort et d'angles, et de masques grimaçants en terre cuite, et un sang épais Ripolin nous coule dans les veines les tapissant d'une joie métallisée à l'épreuve de l'humidité des larmes. Je vais acheter un Bambi en biscuit pour mon bureau, le placer en face de mes papiers et de mes livres, entre le fleuve et moi, et vous allez voir comme ma vie s'infléchira dans le sens d'un futur de torero ou de chanteur de radio assis au bord d'une piscine privée enlacé à une blonde souriante.

Tout est réel : le cliquetis de vos bracelets possède maintenant un son différent, dépourvu des prolongements et des échos mystérieux que la nuit lui conférait, le son banal du matin, qui vulgarise la souffrance et l'exaltation et les rapetisse devant les exigences pratiques du quotidien, le travail, la révision de la voiture, le rendez-vous chez le dentiste, le dîner avec un ami d'enfance verbeux qui s'épanche par-dessus les couverts en d'ennuyeux et interminables récits. Tout est réel, surtout l'agonie, la gueule de bois, le mal à la tête qui m'enserre la nuque dans sa pince tenace, les gestes ralentis par une torpeur d'aquarium qui prolonge les bras en doigts de verre difficiles à manier comme les pinces d'une prothèse mal ajustée. Tout est réel, sauf la guerre, qui n'a jamais existé : il n'y a jamais eu de colonie, ni de fascisme, ni de Salazar, ni de Tarrafal (1), ni de P.I.D.E., ni de révolution, il n'y a jamais rien eu, vous entendez, rien, les calendriers de ce pays se sont immobilisés il y a si longtemps que nous les avons oubliés, des mars et des avrils sans signification pourrissent en feuilles de papier sur les murs, les dimanches en rouge à gauche, dans une colonne inutile ; Luanda est une ville inventée dont je prends congé et à Mutamba des personnes inventées prennent des autocars inventés pour des lieux inventés où le M.P.L.A. insinue subtilement des commissaires politiques inventés. L'avion qui nous ramène à Lisbonne transporte une cargaison de fantômes qui se matérialisent lentement, des officiers et des soldats jaunes de paludisme, vissés aux sièges, les pupilles creuses, regardant par la fenêtre l'espace sans couleur, comme un utérus, du ciel. Réelles sont les camionnettes grises qui nous attendent à l'aéroport, le froid de Lisbonne, les sergents qui examinent nos papiers avec une lenteur lasse de fonctionnaires indifférents, le trajet jusqu'au quartier militaire où nos valises s'empilent dans une confusion conique de volumes, les brefs au revoir dans la cour.

Nous avons passé vingt-sept mois ensemble dans le cul de Judas, vingt-sept mois d'angoisse et de mort, ensemble, dans les trous pourris, les sables de l'Est, les pistes des Quiocos et les tournesols du Cassanje, nous avons mangé le même mal du pays, la même merde, la même peur, et nous nous sommes séparés en cinq minutes, une poignée de main, une tape dans le dos, une vague étreinte, et voilà, les gens disparaissent pliés sous le poids de leur bagage, par la porte d'armes, évaporés dans le tourbillon civil de la ville.

Un uniforme, un sac plein de livres à l'épaule et un autre, de linge, à la main, Lisbonne dresse devant moi son opacité de décor

---

(1) Bagne politique dans l'archipel du Cap-Vert.

infranchissable, subitement vertical, lisse, hostile, sans qu'aucune fenêtre ne s'ouvre devant mes yeux assoiffés de repos et de concavité favorable de nid. La circulation tourne majestueusement autour du rond-point de l'Encarnação (1) avec une indifférence purement mécanique qui m'exclut, les visages dans la rue glissent tout près du mien avec une indifférence absolue, où quelque chose de l'inertie géométrique des cadavres s'insinue. Ma fille aux yeux verts doit sûrement me considérer comme un étranger indésirable qui allonge, à côté de sa mère, son corps étroit et superflu. La vie de mes amis, qui s'est programmée sans moi, en mon absence, se fera avec peine à cette résurrection d'un lazare déboussolé, qui réapprend péniblement l'usage des objets et des sons. Je m'étais trop habitué au silence et à la solitude d'Angola et il me paraissait inimaginable que la savane ne rompe pas le goudron de l'avenue de ses longs doigts verts acérés par les premières pluies. Il n'y avait aucune machine à coudre rouillée et esquintée chez mes parents, et le *soba* de Chiume ne m'attendait pas au salon, regardant, au-delà de la bibliothèque vitrée, l'immensité humide de crapauds et de vase de la plaine. Identique à un enfant qui naît, je contemplais, les orbites rondes de surprise, les feux rouges, les cinémas, le contour déséquilibré des places, les terrasses mélancoliques des cafés et tout avait l'air d'avoir, autour de moi, une charge de mystère que je serai toujours incapable d'élucider. De sorte que j'ai rentré la tête dans mes épaules et j'ai arqué mes omoplates comme les gens sans imperméable, sous une pluie inattendue, offrant le moins possible de mon corps à un pays que je ne comprenais plus et j'ai fait irruption dans le janvier de la ville.

J'ai rendu visite à mes tantes quelques semaines après en endossant un costume d'avant la guerre qui flottait autour de ma taille à la manière d'une auréole tombée, malgré les efforts des

(1) Tout près de l'Aéroport de Lisbonne.

bretelles qui me tiraient les jambes vers le haut comme si elles étaient armées d'une hélice invisible. J'ai attendu debout, près du piano avec ses chandeliers, coinçant mes timides os entre une console Empire, aux cuisses tordues, couverte de cadres de généraux défunts, et une énorme horloge dont le cœur grandiose hoquetait doucement en claquements rythmiques à la façon d'un bouddha pacifique qui digère. Les rideaux des fenêtres ondulaient avec des gestes évasifs de chorégraphes ennuyés, les yeux aigus de l'argenterie scintillaient depuis les buffets dans l'obscurité. Les tantes ont allumé la lampe pour mieux m'observer et la lumière à soudain révélé les tapis anciens déteints, les potiches chinoises lançant, de leurs surfaces blanches, des dragons à la langue tordue, la curiosité des bonnes qui guettaient depuis la porte en essuyant leurs mains grasses à des tabliers de cuisine. Instinctivement je me suis placé dans l'attitude sérieuse et raide que l'on offre aux photographes des foires qui nous examinent derrière les grosses loupes impitoyables des appareils à trépied, ou au garde-à-vous, comme lorsque j'étais élève officier à Mafra devant la mauvaise humeur autoritaire et chronique du capitaine qui fronçait les sourcils, les bottes écartées, dans une arrogance de mauvais augure. Cela sentait le camphre, la naphtaline, la pisse de siamois, et j'ai eu violemment envie de sortir de là, dans la rue Alexandre Herculano où au moins on entrevoyait, en haut, un petit bout trouble de ciel. Une canne en bambou a tracé une arabesque dédaigneuse dans l'air saturé du salon, s'est approchée de ma poitrine, s'est plantée comme un fleuret dans ma chemise, et une voix faible, amortie par le dentier, comme si elle venait de très loin et de très haut, a articulé, râclant des syllabes de bois avec la spatule d'alluminium de la langue :

« Tu as maigri. J'ai toujours espéré que l'armée ferait de toi un homme, mais avec toi, il n'y a rien à faire. »

Et les portraits des généraux défunts, sur les consoles, approuvaient, dans un accord féroce, l'évidence de cette disgrâce.

Non, non, allez toujours tout droit, tournez à la première à droite, ensuite à la seconde à droite, et en un clin d'œil vous trouverez la place du Areeiro. Sauvée. Moi ? Je reste par là encore un moment. Je vais vider les cendriers, laver les verres, mettre un peu d'ordre dans le salon, regarder le fleuve. Je retournerai peut-être dans le lit défait, je tirerai les draps sur moi, et je fermerai les yeux. On ne sait jamais, n'est-ce pas ? Mais il se peut très bien que tante Teresa vienne me rendre visite.

FIN

*Achevé d'imprimer en avril 1997
sur presse CAMERON
dans les ateliers de* **Bussière Camedan Imprimeries**
à Saint-Amand-Montrond (Cher)

Dépôt légal : avril 1997
N° d'impression : 1/1062. N° d'édition : 2400301

Imprimé en France